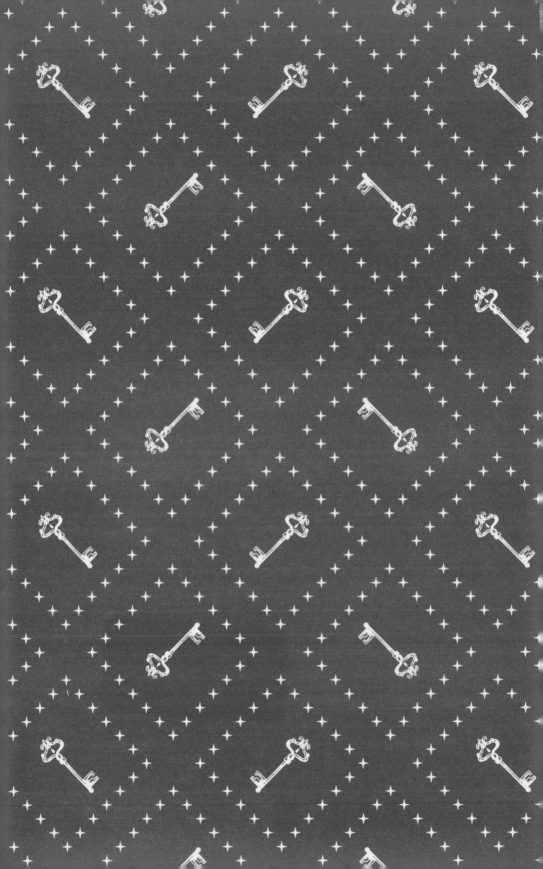

HISTÓRIAS SECRETAS DOS IRMÃOS GRIMM

OS CONTROVERSOS CONTOS OMITIDOS DA PRIMEIRA EDIÇÃO

TRADUÇÃO DO ALEMÃO DE **RAMON MAPA**

ILUSTRAÇÕES DE PÁGINA INTEIRA DE **CARLA BARTH**

TRADUÇÃO Ramon Mapa	**CAPA E DIAGRAMAÇÃO** Marina Avila
PREPARAÇÃO Karen Alvares	**ILUSTRAÇÕES** Carla Barth (páginas inteiras) e Annie Konst (aberturas)
REVISÃO Cristina Lasaitis e Bárbara Parente	1ª edição | 2024 | Ipsis

DADOS INTERNACIONAIS DE CATALOGAÇÃO NA PUBLICAÇÃO (CIP)
Catalogação na fonte: Bibliotecária responsável: Angélica Ilacqua CRB-8/7057

Grimm, Wilhelm, 1786-1859
    Histórias Secretas dos irmãos Grimm : os controversos contos omitidos da primeira edição / Wilhelm Grimm, Jacob Grimm ; tradução de Ramon Mapa ; ilustrações de Carla Barth. -- São Caetano do Sul : Editora Wish, 2024.

    208 p. : il.

    ISBN: 978-65-88218-99-0
    1. Literatura alemã 2. Folclore - Alemanha 3. Contos de fadas I. Título II. Grimm, Jacob, 1785-1863 III. Mapa, Ramon IV. Barth, Carla   CDD 830

ÍNDICE PARA CATÁLOGO SISTEMÁTICO:
1. Literatura alemã

EDITORA WISH
www.editorawish.com.br
Redes Sociais: @editorawish
São Caetano do Sul - SP - Brasil

© Copyright 2024. Este livro possui direitos de tradução e projeto gráfico reservados e não pode ser distribuído ou reproduzido, ao todo ou parcialmente, sem prévia autorização por escrito da editora.

CONTOS

KHM 6A ✶ A fábula da rouxinol... 23
Von der Nachtigall und der Blindschleiche

KHM 8A ✶ A mão com a faca 25
Die Hand mit dem Messer

KHM 22A ✶ Como as crianças brincavam... 28
Wie Kinder Schlachtens miteinander gespielt haben

KHM 27A ✶ A morte e o guarda-gansos 31
Der Tod und der Gänsehirt

KHM 33A ✶ O gato de botas 33
Der gestiefelte Kater

KHM 37A ✶ A história do guardanapo... 40
Von der Serviette, dem Tornister, dem Kanonenhütlein und dem Horn

KHM 72A ✶ A pera que não queria cair 44
Das Birnli will nit fallen

KHM 71A ✶ A princesa Couro de Rato 47
Prinzessin Mäusehaut

KHM 152A ✶ A santa Zelosa 49
Die heilige Frau Kummernis

KHM 82A ✶ As três irmãs 51
Die drei Schwestern

KHM 54A ✶ Hans Estúpido 66
Hans Dumm

KHM 66A ✶ Hurleburlebutz 69
Hurleburlebutz

KHM 62A ✶ O Barba Azul 73
Blaubart

KHM 77A ✷ **O carpinteiro e o torneiro**................79
Vom Schreiner und Drechsler

KHM 73A ✷ **O castelo da matança**................81
Das Mörderschloss

KHM 81A ✷ **O ferreiro e o diabo**................85
Der Schmied und der Teufel

KHM 43A ✷ **A insólita hospedaria**................89
Die wunderliche Gasterei

KHM 175A ✷ **O Infortúnio**................92
Das Unglück

KHM 191A ✷ **O ladrão e seus filhos**................94
Der Räuber und seine Söhne

KHM 129A ✷ **O leão e o sapo**................103
Der Löwe und der Frosch

KHM 70A ✷ **O Okerlo**................107
Der Okerlo

KHM 119A ✷ **O preguiçoso e o diligente**................112
Der Faule und der Fleißige

KHM 136A ✷ **O selvagem**................114
Der wilde Mann

KHM 130A ✷ **O soldado e o carpinteiro**................120
Der Soldat und der Schreiner

KHM 104A ✷ **Os animais fiéis**................128
Die treuen Tiere

KHM 107A ✷ **Os corvos**................134
Die Krähen

KHM 34A ✷ **A Trina do Hans**................139
Hansens Trine

KHM 61A ✷ **O conto do alfaiate...**................141
Von dem Schneider, der bald reich wurde

KHM 68A ✱ O jardim do verão e do inverno ___146
Von dem Sommer und Wintergarten

KHM 59A ✱ O príncipe cisne_____151
Prinz Schwan

KHM 16A ✱ Senhor Feito-e-Perfeito_____156
Herr Fix und Fertig

KHM 64A ✱ O Simplório_____161
Von dem Dummling

KHM 75A ✱ A ave fênix_____172
Vogel Phönix

KHM 74A ✱ A história de João e Gaspar Bicas___175
Von Johannes-Wassersprung und Caspar-Wassersprung

KHM 60A ✱ O ovo de ouro_____179
Das Goldei

KHM 143A ✱ As filhas da fome_____182
Die Kinder in Hungersnot

KHM 182A ✱ A Princesa da Ervilha_____184
Die Erbsenprobe

KHM 122A ✱ O narigão_____186
Die lange Nase

KHM 99A ✱ O sapo príncipe_____194
Der Froschprinz

EXTRAS

Quem foram os Irmãos Grimm_____10
Apresentação da Editora_____13
Tabela de contos, edições e códigos_____203
Fragmentos_____198

QUEM FORAM OS
IRMÃOS GRIMM
Jacob: 1785-1863 e Wilhelm: 1786-1859

OS IRMÃOS GRIMM ESTÃO POR TRÁS DE ALGUMAS das mais famosas e amadas histórias infantis que conhecemos. Seu legado na literatura e na academia é intransponível e, não à toa, suas narrativas atravessam gerações, mesmo que as histórias que conheçamos hoje sejam um pouco diferentes das originais. Jacob e Wilhelm Grimm nasceram em 1785 e 1786, respectivamente, no então Condado de Hesse-Kassel, atual Alemanha. Quando Jacob tinha apenas onze anos, seu pai morreu de pneumonia, e ele viu sua família passar por dificuldades financeiras.

Com a ajuda de uma tia, os irmãos Grimm conseguiram cursar o equivalente ao Ensino Médio atual e, depois, entraram na faculdade de Direito, com o intuito de seguir os passos do pai no serviço público. Jacob, mais velho, foi para Marburg, em 1802, e seu irmão mais novo, Wilhelm, o acompanhou no ano seguinte. Entretanto, a inclinação para o resgate e registro do folclore local fizeram com que os irmãos seguissem outro caminho.

Um professor da Universidade de Marburg despertou o interesse dos irmãos pela filologia, o estudo da linguagem em textos históricos. Friedrich Carl von Savigny foi um respeitado e influente jurista alemão no século XIX. A Escola Histórica desenvolvida por Savigny representava sua visão em relação

ao Direito como um organismo vivo, que se modificava, se transformava e se adaptava seguindo os costumes de um povo.

Com a ajuda de Savigny, o contato com outros acadêmicos e por meio do entendimento de que a cultura e as tradições influenciam a forma como uma sociedade se organiza, o desejo dos irmãos Grimm de dedicarem-se ao estudo da história literária alemã se tornou uma realidade. Contar histórias e transmiti-las de geração em geração sempre foi uma forma de guardar a cultura, as tradições e valores de um povo. Em meio a transformações sociais e políticas causadas pelas guerras napoleônicas no século XIX, os irmãos Grimm e outros românticos alemães recorreram às histórias tradicionais como forma de exaltar a cultura nacional.

Reunindo relatos de contadores de histórias locais – e, especialmente, de uma mulher chamada Dorothea Viehmann –, os irmãos Grimm criaram uma coletânea de contos que, inicialmente, tinha o propósito de servir como estudo científico e contribuição acadêmica. Entretanto, eles foram alguns dos primeiros e mais proeminentes estudiosos a perceberem a importância dos contos de fadas e tradições orais como registros históricos de um povo.

Contos Infantis e Domésticos foi publicado em 1812 reunindo um número seleto de histórias que, antes, estavam limitadas apenas à tradição oral. Os irmãos continuaram a resgatar histórias, registrá-las e publicá-las ao longo dos anos e, com o tempo, foram feitas adaptações para torná-las mais acessíveis a públicos mais jovens. Essas versões foram sendo modificadas até se tornarem as que conhecemos hoje.

As ilustrações que acompanhavam as histórias, assim como as palavras que elas representavam, também foram responsáveis por moldar o imaginário popular do que era o folclore alemão da época.

Jacob e Wilhelm Grimm se tornaram mundialmente conhecidos pelos contos que imortalizaram, mas também contribuíram para a metodologia de coleta e documentação do folclore alemão. Foram figuras responsáveis por registrar histórias que, por muito tempo, ficaram restritas à tradição oral.

A contribuição dos irmãos Grimm para o folclore europeu e para a literatura pode ser percebida pelas narrativas que continuam atravessando gerações, mesmo com suas transformações ao longo do tempo.

DE ONDE SURGIRAM OS
CONTOS SECRETOS

EXISTE UMA IMPORTÂNCIA HISTÓRICA MUITO poderosa nos contos dos irmãos Grimm. Milhões de crianças cresceram acreditando que um beijo de amor verdadeiro poderia salvar uma princesa adormecida, ou que persistência e carinho poderiam transformar a Fera em príncipe.

Embora muitos desses ensinamentos sejam tão antigos quanto a história humana e nossas tradições orais de ficções cotidianas e moralistas*, os irmãos Grimm acabaram se tornando dois dos primeiros e principais responsáveis por registrar contos de fadas ao longo da história.

Em paralelo, ainda no Ocidente, citamos os também essenciais Hans Christian Andersen (Dinamarca), que autorou suas histórias, Charles Perrault (França), Madame d'Aulnoy e Madame de Beaumont (França), Gianfrancesco Straparola e Giambattista Basile (Itália), Andrew Lang (Escócia), Alexander Afanasyev (Rússia) e outros. Porém, apenas interessados e estudiosos conhecem mais que dois destes nomes, enquanto a maioria dos leitores é familiarizada com os contos registrados

---

* Alguns contos têm uma moral e uma consequência, por isso são conhecidos como "Histórias de Advertência". Uma história de advertência é um tipo de narrativa projetada para alertar os leitores ou ouvintes sobre os perigos ou consequências negativas de determinadas ações ou comportamentos. A moral de "Chapeuzinho Vermelho", por exemplo, é sobre seguir os conselhos de figuras de autoridade e ser cauteloso com estranhos.

Kinder und Hausmärchen.

por Jacob e Wilhelm Grimm. É possível dizer que, para a atualidade, são os dois autores e compiladores de contos de fadas mais famosos do Ocidente. Embora sejam mais conhecidos por suas coleções de contos de fadas, eles também trabalharam em outras áreas, como a linguística e a filologia, que é o estudo do desenvolvimento de uma língua. Dedicaram-se a coletar e preservar as histórias, lendas e mitos que consideravam importantes para a identidade cultural alemã.

A ALEMANHA DA ÉPOCA

Desde o século XVIII crescia o sentimento nacionalista no território hoje conhecido como Alemanha. Jacob e Wilhelm foram testemunhas desse contexto, sendo influenciados pelo movimento que valorizava o folclore, as tradições nacionais e a busca pela originalidade das expressões culturais.

Já a Revolução Industrial começou a impactar a Europa no início do século XIX, após a unificação política e territorial do Estado Alemão, o que provocou migrações internas, urbanização e transformações no tecido social, com o crescimento de uma classe trabalhadora industrial, assim como o aumento da oferta e demanda por livros impressos. Além da produção de papel em escala industrial e um aumento na importação e exportação de produtos necessários para a produção editorial, a população se interessava cada vez mais pelo jornalismo sensacionalista da época, o que permitiu que as prensas móveis fossem produzidas em escalas cada vez maiores, por profissionais cada vez mais especializados e resultando em um material cada vez mais barato. Estes materiais também auxiliavam na expansão do mercado editorial e livreiro.

Os irmãos Grimm viveram em uma época de grande transformação política, social e cultural na Alemanha. O florescimento do nacionalismo romântico unido às mudanças trazidas pela Revolução Industrial, criaram um ambiente rico e complexo que influenciou profundamente seu trabalho de coleta e preservação do folclore alemão.

AS RICAS FONTES DO FOLCLORE

Os irmãos Grimm tiveram também a sorte de fazer amizade com pessoas influentes que compartilhavam seu interesse pelo folclore. Um exemplo é o dr. Friedrich von Savigny, um jurista e acadêmico alemão que os apresentou a diversas fontes e outros estudiosos. Alguns dos contatos acadêmicos que eles conheceram através do doutor foram os autores Clemens Brentano e Achim von Arnim.

Dorothea Viehmann foi outra fonte essencial, filha do dono de uma taverna e ouvinte curiosa das histórias que os viajantes contavam. Os irmãos Grimm também percorreram a Alemanha rural, onde entrevistaram camponeses, artesãos e outras pessoas da comunidade, coletando contos diretamente da tradição oral.

A PRIMEIRA EDIÇÃO

Kinder- und Hausmärchen (Contos Infantis e Domésticos) é uma coleção de contos de fadas publicada pela primeira vez em 1812. Sua primeira edição foi impressa em dois volumes: o primeiro em 1812 e o segundo em 1815. Posteriormente, várias edições

15

revisadas foram lançadas, com a sétima, última e mais conhecida edição publicada em 1857. A coleção original continha 86 contos, entretanto, ao longo de várias edições, o número de histórias aumentou para mais de 200.

Os contos dos irmãos Grimm são conhecidos por suas narrativas simples e diretas, muitas vezes envolvendo temas sombrios e moralizantes. Originalmente, as histórias eram bastante violentas, refletindo a realidade e as preocupações da sociedade da época. No entanto, com o passar do tempo, os irmãos suavizaram alguns elementos para torná-los mais adequados para crianças.

A numeração dos contos na coleção *Kinder- und Hausmärchen* (abreviada como KHM) seguia uma ordem específica que variava conforme as edições eram revisadas e ampliadas.

Muitos contos da primeira edição de *Kinder- und Hausmärchen*, dividida entre os dois volumes em 1812 e 1815, foram cortados das edições seguintes. São histórias geralmente trágicas, violentas ou com muito drama familiar.

Foram selecionados, para este livro, apenas os contos que não chegaram à edição final de 1857, e a grande maioria deles jamais passaram da primeira edição. Os contos de fadas a que você tem acesso neste volume fazem parte deste seleto grupo de histórias descontinuadas, foram extraídos das edições originais e traduzidos do alemão por Ramon Mapa e ilustrados por Carla Barth. São narrativas com ensinamentos controversos, versões reduzidas de enredos conhecidos e personagens bastante excêntricos.

Os irmãos Grimm continuaram a revisar e expandir a coletânea em edições posteriores, o que levou a novas numerações e ajustes significativos. Em cada nova edição, alguns contos foram adicionados, outros removidos, alguns foram movidos para diferentes posições na coleção. Conheça abaixo um resumo das edições:

PRIMEIRA EDIÇÃO (1812-1815)

Volume 1 (1812): Publicado com 86 contos.

Volume 2 (1815): Foram incluídos mais 70 contos, totalizando 156 histórias nas duas partes.

SEGUNDA EDIÇÃO (1819-1822)

Volume Único (1819): Ampliado para 170 contos e com descontinuação de mais de 30 histórias que ficaram omitidas a partir de 1819.

Apêndice (1822): Adicionados mais 10 contos, resultando em um total de 180 contos. A segunda edição já começa a apresentar algumas revisões no estilo e conteúdo para torná-los mais adequados para crianças e famílias.

TERCEIRA A SÉTIMA EDIÇÕES (1837-1857)

As edições subsequentes (terceira em 1837, quarta em 1840, quinta em 1843, sexta em 1850 e sétima em 1857) refletiram mais revisões e refinamentos. Os irmãos Grimm ajustaram a linguagem, removeram elementos que consideravam inadequados e tornaram os contos mais literários. A sétima edição é a versão mais conhecida e definitiva, contendo 200 contos e 10 lendas infantis.

Para o livro que você tem em mãos, selecionamos histórias omitidas principalmente dos dois primeiros volumes de 1812 e 1815.

A numeração dos contos em *Kinder- und Hausmärchen* refletiu um processo dinâmico de coleta, revisão e reestruturação. Os irmãos Grimm não apenas coletaram e publicaram contos, mas também os adaptaram e reorganizaram ao longo de décadas para melhor refletir a riqueza da tradição oral alemã e atender ao público leitor de suas épocas. As constantes mudanças mostram seu compromisso com a preservação e a atualização dos contos folclóricos. No final do livro é possível ver uma tabela com os contos em alemão, suas edições, numerações e em qual momento cada história foi descontinuada.

POR QUE OS IRMÃOS DECIDIRAM OMITIR ALGUNS CONTOS AO LONGO DAS EDIÇÕES SEGUINTES?

Os motivos são diversos. Em nossos estudos, identificamos várias possibilidades para cada narrativa. A mais comum é que, como qualquer autor, os Grimm perceberam pontos que poderiam ser aprimorados em novas edições, revisões e alterações nas histórias. No entanto, como já haviam publicado um conto com aquela temática, alteravam também os títulos, transformando as histórias em algo novo. As modificações poderiam ser pequenas ou significativas, chegando a mudar nomes de personagens e cenários e, por isso, a numeração das histórias também era ajustada. Em uma organização que se tornou confusa ao longo do tempo, contos eram renumerados posteriormente ou descontinuados. Por exemplo, o conto KHM 107, "*Os Corvos*" (*Die Krähen*), posteriormente se tornou KHM 107A, enquanto o conto "*Os Dois Viajantes*" (*Die beiden Wanderer*) passou a ser o número 107 em 1843, após "*Os Corvos*" ter sido excluído da nova edição.

Podemos imaginar por exemplo "*O Sapo Príncipe*" (*Der Froschprinz*), KHM 99A, presente nesta coleção, que foi renegado em favor de "*O Príncipe Sapo*" ou "*Henrique de Ferro*" (*Ist der eiserne Heinrich*), KHM 1, que é um conto mais completo com temática semelhante. Podemos acreditar que alguns dos motivos possíveis para que esses contos fossem descontinuados são:

Teor sombrio e conteúdo violento: Alguns contos eram considerados excessivamente sombrios, violentos ou inapropriados para crianças. Com o tempo, o tom foi suavizado para torná-los mais adequados ao público infantil, que se tornou o público-alvo das publicações.

Recepção do público e da crítica: Os irmãos Grimm levaram em consideração o *feedback* de leitores e críticos. Se um conto não fosse bem recebido ou considerado inadequado por esses grupos, eles poderiam decidir omiti-lo em edições subsequentes.

Morais inconclusas: Alguns contos tinham morais cuja base poderia ser complexa, inconclusiva ou que não se alinhava com os valores que desejavam promover. É possível, então, que tenham optado por remover essas histórias para manter a coerência da coleção.

Versões superiores ou possíveis problemas de direitos autorais: Ao longo do tempo, foram encontradas ou reescritas versões melhores ou mais completas de certos contos. Outras histórias como *"O Barba Azul"* já tinham excelentes edições em outros idiomas, como no original, em francês, de Charles Perrault. É possível que estas versões tivessem direitos autorais de reprodução* ou fossem mais procuradas pelos leitores.

Limitação de espaço: A coleção, como qualquer impresso, tinha limitações de espaço físico em cada volume para que o preço do material não fosse excessivamente alto para os leitores. À medida que novos contos eram descobertos e considerados mais importantes ou populares, os editores e autores precisavam fazer escolhas sobre quais contos incluir, resultando na omissão de alguns menos significativos para o momento (mas não menos interessantes para nossa época).

Fontes não confiáveis: Após uma pesquisa mais aprofundada, os compiladores podem ter questionado se algumas histórias realmente pertencem ao folclore popular ou se foram criadas recentemente. Caso se confirmasse a segunda hipótese, essas histórias seriam inadequadas para a coletânea que eles desejavam apresentar.

---

* Os copyrights começaram a se tornar obrigações legais em 1710 para as editoras e autores de livros com o Estatuto de Anne. Em 1886, houve a Convenção de Berna para a Proteção das Obras Literárias e Artísticas.

O processo contínuo de revisão e renumeração para melhorar a clareza e a organização também contribuiu para a omissão total de contos até a última edição. A necessidade de manter uma estrutura organizada e lógica na coleção levou à exclusão de histórias que poderiam ter se perdido com o tempo. Com sorte – e o cuidado dos donos das primeiras edições – o material pôde ser resgatado em totalidade em seu formato original.

FRAGMENTOS RESTAURADOS

Nesta coleção, você também encontrará fragmentos de contos (histórias incompletas) que os irmãos Grimm publicaram em seus livros. Embora hoje essa seja uma estratégia menos comum, na época era, muitas vezes, a única maneira de salvar o folclore da extinção, mesmo que as histórias não tivessem um final definido.

Outros acadêmicos poderiam pesquisar suas origens e completá-las posteriormente, ou leitores poderiam conhecer as histórias na íntegra e ajudar os compiladores. Em um mundo sem a comunicação digital rápida que temos hoje, essa era uma forma crucial de garantir que as histórias não se perdessem. É possível imaginar que muitas outras narrativas foram esquecidas com as últimas pessoas que as ouviram, que não tiveram para quem repassá-las.

TOM SOMBRIO, MORAIS E FINAIS TRÁGICOS

Nas versões mais antigas dos contos dos irmãos Grimm, encontramos um tom excessivamente violento, um reflexo das duras realidades da vida na Europa pré e durante o século XIX. Elementos de crueldade permeiam as histórias, o que pode chocar leitores modernos, especialmente crianças. Mas tal temática também revela a natural fascinação humana pelo mórbido, presente em contos sensacionalistas desde muito antes da publicação dos Grimm – e que perdura até hoje.

É possível que as narrativas que Dorothea ouviu de viajantes sejam, em partes, baseadas no folclore e, em outras, apenas fruto de uma tenebrosa imaginação, criadas para entreter e assustar. Com programas jornalísticos voltados para a tragédia até os dias de hoje, podemos imaginar que, quanto mais violento o conto, mais interesse e atenção atraía dos ouvintes. E qual contador de histórias não almeja despertar essa curiosidade em sua audiência?

Embora muitos contos não exibam elementos religiosos, os irmãos Grimm foram criados em uma família protestante na região de Hesse. É seguro dizer que sua formação religiosa influenciou, em parte, suas vidas e seu trabalho acadêmico. Em alguns poucos contos desta edição, é possível reconhecer moralidades, punições e recompensas de caráter religioso e, embora isso seja muito comum em narrativas de diversos autores de contos de fadas (como Hans Christian Andersen), hoje em dia é importante reconhecer que existem diversas religiões nas mais diferentes culturas, e que tais moralidades e castigos nem sempre se aplicam a todos os credos. A proposta deste livro é ser uma versão sem adaptação, julgamento ou redução do conteúdo, logo, optamos por manter os textos em sua integralidade.

Entre cabeças cortadas, crianças assassinas, criaturas engolidas vivas, viajantes com olhos picados por corvos, mães famintas que desejam a morte das próprias filhas e madrastas que querem fazer ensopado dos enteados, podemos alertar os leitores desta edição que não se apeguem muito aos personagens, já que muitos deles não sobrevivem até o parágrafo final de suas histórias (pelo menos não sem antes sofrerem danos irreparáveis).

DEVORE ESTES CONTOS E BOA LEITURA!
EDITORA WISH

Contos de Fadas

SECRETOS,
OMITIDOS,
TRÁGICOS
E FANTÁSTICOS

IRMÃOS GRIMM
HISTÓRIAS SECRETAS

1812 KHM 6A

A FÁBULA DA ROUXINOL E DA COBRA-DE-VIDRO

Von der Nachtigall und der Blindschleiche

A ganância pode gerar inimigos para a eternidade. Num reino onde a rouxinol e a cobra-de-vidro só possuem um olho cada, um deles precisará de um favor. Ao não cumprir sua parte no acordo, as consequências para a rouxinol podem ser nefastas.

ERA UMA VEZ UMA ROUXINOL E UMA COBRA-de-vidro, cada uma com um olho só, e que há muito tempo moravam na mesma casa em paz e harmonia. Um dia, contudo, a rouxinol foi convidada para um casamento e falou assim para a cobra-de-vidro:

— Fui convidada para um casamento e não gostaria de comparecer com apenas um olho. Seja boazinha e me empreste o seu que devolverei amanhã.

E a cobra-de-vidro fez a gentileza.

No dia seguinte, a rouxinol já voltara para casa, mas estava gostando tanto de ter dois olhos na cabeça e de poder enxergar de ambos os lados que não quis devolver à pobre cobra-de-vidro o olho que lhe tomara emprestado. Então, a cobra-de-vidro jurou que se vingaria dela, dos filhos dela e dos filhos dos filhos dela:

— Vá lá — disse a rouxinol, acrescentando uma rima:

Na copa da tília, construo o meu ninho
Alto, tão alto, tão alto, tão alto,
Que não encontrarás jamais o caminho!

Desde então, todos os rouxinóis têm dois olhos e todas as cobras-de-vidro não têm nenhum. Porém, não importa onde uma rouxinol faça seu ninho. Em um arbusto, lá embaixo, mora uma cobra-de-vidro, sempre tentando rastejar até ela, para furar e sugar os ovos da inimiga.

IRMÃOS GRIMM
HISTÓRIAS SECRETAS

1812 KHM 8A

A MÃO
COM A FACA

Die Hand mit dem Messer

A inveja pode ceifar os sentimentos mais preciosos. Desconfiados da irmã, três garotos interferem em seu trabalho e acabam atingindo um apaixonado elfo.

ERA UMA VEZ UMA GAROTINHA QUE TINHA três irmãos. Os três eram tudo para a mãe, enquanto ela era rejeitada e maltratada por todos e precisava acordar cedo pelas manhãs para escavar trufas na terra dura da charneca seca, para que pudessem acender a lareira e cozinhar. Para piorar, foram-lhe dadas ferramentas velhas e cegas para realizar a árdua tarefa.

Porém, a garotinha tinha um admirador, um elfo que morava em uma colina vizinha à casa da mãe dela. Sempre que ela passava pela colina, o elfo estendia a mão de dentro

de uma rocha e lhe oferecia uma faca muito afiada, que tinha o poder especial de cortar o que quer que fosse. Com essa faca, a garotinha desenterrava as trufas sem demora, e, satisfeita, voltava com a quantidade necessária para casa. E quando passava de novo pela rocha, batia nela duas vezes e de lá saía a mão e pegava a faca de volta.

Como a mãe notara, contudo, que ela escavava as trufas com muita facilidade e rapidez, disse para os irmãos que ela deveria estar sendo ajudada por alguém, pois, do contrário, não seria possível concluir o trabalho tão rápido. Então, os irmãos a seguiram e, vendo como ela recebia a faca encantada, agarraram-na e tomaram-lhe a lâmina com violência. Daí, voltaram e bateram na rocha, como a garotinha costumava fazer, e assim que o elfo bondoso estendeu a mão, cortaram-na com a própria faca dele. O braço ensanguentado cresceu de volta, mas como o elfo acreditava que sua amada o traíra, ele nunca mais foi visto.

IRMÃOS GRIMM
HISTÓRIAS SECRETAS

✱ 1812 KHM 22A ✱

COMO AS CRIANÇAS BRINCAVAM DE ABATE

Wie Kinder Schlachtens miteinander gespielt haben

Uma brincadeira infantil de faz de conta gera trágicas consequências.

✱ I ✱

EM UMA CIDADE CONHECIDA COMO FRANEcker, localizada em Westfriesland, algumas criancinhas, meninos e meninas de cinco e seis anos, brincavam juntas. Elas escolheram um dos pestinhas para ser o açougueiro, outro para ser o cozinheiro e um terceiro para ser a porca. Uma garotinha foi escolhida para ser a cozinheira e outra seria a ajudante de cozinha; e a ajudante teria que recolher o sangue da porca em uma travessa pequena, para fazer chouriço depois.

Como combinado, o açougueiro derrubou o menino que fazia as vezes de porca e abriu sua garganta com um canivete, e a ajudante de cozinha recolheu o sangue na pequena travessa. Um conselheiro municipal, que ali passava por acaso, viu a tragédia. No mesmo instante, agarrou o açougueiro e conduziu-o ao tribunal, onde todo o conselho se reuniu. Debruçaram-se sobre o caso, mas não tinham ideia do que fazer, já que se tratava de uma brincadeira de criança.

Entre os membros do conselho, um homem mais velho e mais sábio sugeriu que o juiz pegasse em uma mão uma bela maçã vermelha e, na outra, uma moeda no valor de um florim renano, convocasse o menino e estendesse ambas as mãos à frente dele: se escolhesse a maçã, seria considerado inocente, porém, se escolhesse o florim, deveria ser morto. Seguiu-se, então, que o menino agarrou, rindo, a maçã, e foi declarado inocente de todas as acusações.

* II *

ERA UMA VEZ UM PAI DE FAMÍLIA QUE MATOU UM PORCO na frente dos filhos. Certa tarde, com vontade de brincar, um dos meninos disse para o outro:

— Você será o porquinho e eu, o açougueiro!

O menino então pegou uma faca amolada e meteu no pescoço do irmãozinho. A mãe, que estava no andar de cima dando banho no filhinho mais novo, ouviu o grito e desceu esbaforida. Ao ver o que se passara, arrancou a faca do pescoço do menino e, louca de raiva, meteu-a no coração do outro que se fingia de açougueiro. Voltou correndo para o quarto para ver como estava o filho na banheira, mas ele havia se afogado. A mulher, tomada pela tristeza, não aceitou ser consolada por seus criados e acabou se enforcando. O marido chegou do trabalho na lavoura e, ao ver tudo aquilo, entristeceu-se tanto que logo morreu.

IRMÃOS GRIMM
HISTÓRIAS SECRETAS

1812 KHM 27A

A MORTE E O GUARDA-GANSOS

Der Tod und der Gänsehirt

Uma conversa com a Morte pode interferir na história de diferentes mundos. O guarda-gansos está disposto a segui-la para onde for.

AVIA UM POBRE PASTOR QUE VIVIA ÀS margens de um rio grande e bravio, pastoreando um rebanho de gansos brancos. Veio, então, a morte sobre as águas, e o pastor perguntou-lhe de onde vinha e para onde ia. A morte respondeu que vinha das águas e que iria para *fora do mundo*. E foi então que o pobre guarda-gansos perguntou como era possível alguém sair do mundo. Disse a morte que, pelas águas, seria possível chegar ao novo mundo, que ficava do "outro lado". O pastor contou que estava cansado daquela vida e implorou à morte para levá-lo consigo. Ela respondeu que ainda não era a hora e que tinha coisas a fazer.

Longe dali, havia um avarento, que à noite se recostava em sua cama, tentando juntar mais dinheiro e bens. A morte carregou-o até as águas e lançou-o lá. Como não sabia nadar, ele afundou antes de alcançar a margem. Seus cães e gatos, que o seguiam para todos os lados, afogaram-se com ele.

Vários dias depois, voltou a morte até o guarda-gansos e, encontrando-o a cantar com alegria, disse-lhe:

— Gostaria de vir comigo agora?

Ele queria e foi, com seus gansos brancos logo atrás, todos transformados em ovelhas brancas. O guarda-gansos contemplou aquela bela terra e ouviu que pastores de lugares como aquele tornar-se-iam reis, e, olhando em volta, viu os arquipastores vindo até ele. Abraão, Isaque e Jacó pousaram uma coroa real sobre sua cabeça e o guiaram até o castelo dos pastores, onde ele ainda vive.

IRMÃOS GRIMM
HISTÓRIAS SECRETAS

✶ 1812 KHM 33A ✶

O GATO DE BOTAS

Der gestiefelte Kater

Ao morrer, o moleiro deixa heranças aos três filhos. O terceiro deles, herdando um gato, lamenta ter ficado com o pior dos presentes. Contudo, o gato está disposto a provar ao seu senhor que, na verdade, pode ter sido exatamente o oposto. Conto popular.*

Um moleiro tinha três filhos, um moinho, um burro e um gato. Os filhos deveriam trabalhar no moinho, o burro, no arado e carregando o trigo, e o gato deveria caçar os ratos. Com a morte do moleiro, os três filhos partilharam a herança. O mais velho ficou com o moinho, o do meio recebeu o burro e o terceiro levou o gato, já que não sobrara nada mais para ele. Isso o deixou triste, e ele dizia a si mesmo:

---

* Conhecidamente publicado pela primeira vez por Giovanni Francesco Straparola e depois por Charles Perrault. Os Grimm, então, republicaram como uma versão.

— Recebi a pior herança entre todas. Meu irmão mais velho pode moer, meu irmão do meio pode cavalgar o burro, o que vou lá eu fazer com um gato? Talvez um par de luvas de couro com a pele dele e só.

— Escute — disse o gato, que entendera tudo o que fora dito. — Não precisa me matar para fazer de minha pele um par de luvas de couro ruim. Consiga-me um par de botas para que eu possa ir e estar apresentável entre as pessoas, que logo, logo ajudarei você.

O filho do moleiro se impressionou com o gato que falava e, como um sapateiro estava de passagem ali por perto, chamou-o e deixou-o medir um par de botas para o felino. Quando as botas ficaram prontas, o gato as calçou, pegou um saco e encheu de grãos, amarrando a boca com um barbante, depois se ergueu em duas patas, como se fosse uma pessoa, e saiu porta afora.

Nessa época, um rei que adorava comer perdizes governava aquelas terras, mas elas estavam em falta, e ele não conseguia encontrar nenhuma. Toda a floresta estava cheia delas, mas como perdizes são muito tímidas, nenhum caçador era capaz de encontrá-las. O gato sabia disso e pensou em um plano: ir para a floresta, abrir o saco, espalhar os grãos, camuflar o laço na grama e se posicionar atrás de um arbusto. Lá, ele se escondeu, de tocaia e à espreita. As perdizes logo chegaram correndo, acharam os grãos, e uma após a outra foram entrando no saco. Quando um bom número delas já estava lá dentro, o gato puxou a corda, fechando o saco; depois, apressou-se e torceu o pescoço das perdizes. Então, meteu o saco nas costas e tomou o caminho do castelo do rei. Os guardas gritaram:

— Alto lá! Para onde vai?

— Ver o rei — replicou o gato em seguida.

— Você é doido? Um gato ter uma audiência com o rei?

— Deixe-o passar — disse outro guarda. — O rei tem muito tempo livre, talvez o gato consiga distraí-lo com seu ronronar e suas brincadeiras.

Quando o gato chegou ao rei, fez uma reverência e disse:

— Meu senhor, o conde, de nome antigo e distinto, envia os melhores cumprimentos a Vossa Majestade e presenteia Vossa Majestade com perdizes, que ele mesmo caçou com um estilingue.

O rei se rejubilou tanto com as belas e gordas perdizes que não sabia como conter tamanha alegria. Ordenou, então, que a tesouraria desse ao gato tanto ouro quanto coubesse no saco que trouxera:

— Leve para seu senhor e agradeça-lhe muitas vezes pelo presente.

O pobre filho do moleiro sentou-se na janela de casa e apoiou a cabeça na mão, pensando que tinha gastado os últimos tostões nas botas que dera para o gato e que o felino não lhe traria coisa alguma em troca. Então, entrou o gato, tirou o saco das costas, desamarrou a boca e espalhou todo o ouro na frente do moleiro:

— Aqui está uma coisinha pelas botas. O rei envia seus cumprimentos e agradece muitas vezes.

O moleiro ficou feliz com a fortuna, ainda que não conseguisse entender muito bem como viera a recebê-la. Mas o gato, enquanto descalçava as botas, explicou-lhe tudo e depois falou:

— Agora você tem bastante dinheiro, mas ainda não acabei. Amanhã calçarei minhas botas de novo e você ficará ainda mais rico, porque eu disse ao rei que você era um conde.

No dia seguinte, lá foi o gato à caça, como dissera que faria, calçado com as botas, e trouxe para o rei uma bela presa. Todos os dias foram assim, e o gato trazia todo o ouro para a casa e se tornou tão querido pelo rei que ganhou a permissão de ir e vir do castelo sempre que lhe aprouvesse. Um dia, estando o gato na cozinha do rei, aquecendo-se ao lado do fogão, o cocheiro entrou no cômodo, soltando imprecações:

— Queria que o rei e a princesa fossem entregues ao carrasco! Tudo que eu queria era ir à taverna beber um pouco e jogar cartas. Só que agora eles querem que eu os leve até o lago para um passeio.

Como o gato ouvira tudo, rastejou até a casa e disse a seu senhor:

— Se quer ser um conde ricaço, venha comigo até o lago e tome um banho lá.

O moleiro não sabia o que dizer, mas seguiu o gato, despiu-se e pulou na água. O gato pegou as roupas dele, carregou-as consigo e escondeu-as. Pouco depois, o rei estava passando por ali. Na mesma hora, o gato começou a se lamentar, em sofrimento:

— Ai! Gentilíssimo rei! O meu senhor estava a se banhar neste lago quando um ladrão apareceu e roubou-lhe as roupas que ele havia deixado na margem. Agora, o meu senhor está na água e não pode sair, e se ele permanecer lá por muito tempo, vai apanhar um resfriado e morrer.

Assim que o rei ouviu o relato, deu ordem para que a comitiva parasse e um dos membros de seu séquito desse meia-volta e trouxesse algumas das roupas reais. O senhor conde se vestiu com o mais magnífico dos trajes, e porque o rei lhe tinha em alta conta devido às perdizes

que, acreditava, tinham sido caçadas para ele, convidou o rapaz a se sentar a seu lado na carruagem. A princesa também não se incomodou nada com isso, porque o conde era jovem e bonito, e ela havia gostado muito dele.

No entanto, o gato seguiu à frente deles e chegou a um campo enorme onde mais de cem pessoas trabalhavam colhendo feno.

— A quem pertence esses campos, minha gente? — perguntou o gato.

— Ao grande feiticeiro.

— Escutem! Lá vem o rei. Se perguntarem a quem pertencem estes campos, respondam desta forma: ao conde! E, se assim não for feito, serão todos espancados até a morte.

Então o gato se foi e veio dar em um trigal tão, mas tão grande, que ninguém conseguia ver onde terminava. Lá estavam mais de duzentas pessoas que colhiam o trigo.

— A quem pertence este trigo, minha gente?

— Ao feiticeiro.

— Escutem. Logo ali está vindo o rei. Se perguntarem a quem pertence esses grãos, respondam desta forma: ao conde! E, se assim não for feito, serão todos espancados até a morte.

Por fim, chegou o gato a uma floresta esplendorosa. Lá estavam mais de trezentas pessoas, derrubando os enormes carvalhos para usar a madeira.

— A quem pertence esta floresta, minha gente?

— Ao feiticeiro.

— Escutem. Logo ali está vindo o rei. Se perguntarem a quem pertence esta floresta, respondam desta forma: ao conde! E, se assim não for feito, serão todos dizimados.

O gato foi ainda a outros lugares. Parecia tão impressionante, caminhando como uma pessoa com as botas, que todos se assustavam quando o viam. Logo chegou ao castelo do feiticeiro e, com todo o atrevimento, pôs-se à frente dele. O feiticeiro olhou para ele com um olhar tranquilo e perguntou o que o gato queria. O gato fez uma reverência e disse:

— Chegou a meus ouvidos que é capaz de se transformar em qualquer animal que desejar. Um cão, uma raposa ou um lobo me parecem plausíveis, mas um elefante parece-me impossível. Por isso, vim ver com meus próprios olhos.

O feiticeiro respondeu, orgulhoso:

— Para mim, isto é uma ninharia. — E em um instante transformou-se em um elefante.

— Impressionante! E que tal um leão?

— Também não é nada demais — disse o feiticeiro, e surgiu como um leão em frente ao gato.

O gato fingiu estar com medo e gritou:

— Isso é inacreditável e inaudito! Não pensaria nisso nem em sonhos! Mas, se pudesse se transformar em um animal pequeno, como um rato, seria o feiticeiro mais poderoso do mundo, mas acho que é muito alto para isso.

Muito lisonjeado com as palavras gentis, o feiticeiro respondeu:

— Mas é claro, doce gatinho, que posso fazer também isso.

E saltitou pelo salão transformado em um rato. O gato correu atrás dele, agarrou-o com um bote e o devorou.

O rei continuou seu passeio com o conde e a princesa até que chegaram ao enorme campo.

— A quem pertence este feno? — perguntou o rei.

— Ao senhor conde! — gritaram todos, como o gato havia avisado.

— Tens um belo quinhão de terra aqui, senhor conde — completou o rei.

Em seguida, chegaram ao enorme trigal.

— A quem pertencem estes grãos?

— Ao senhor conde!

— Caramba, senhor conde! Que terras grandes e vistosas!

Então, para a floresta:

— A quem pertence esta madeira, minha gente?

— Ao senhor conde!

Mais uma vez, o rei ficou maravilhado e disse:

— Deve ser um homem muito rico, senhor conde. Acredito que nem eu tenha uma floresta tão magnífica.

Por fim, chegaram ao castelo. O gato estava no alto da escada e, quando a carruagem parou lá embaixo, ele desceu, abriu os portões e disse:

— Vossa Majestade, adentre agora o castelo de meu senhor, o conde, a quem esta honra fará feliz por toda a vida.

O rei desceu da carruagem e ficou encantado com a esplendorosa edificação, quase tão grande e bela quanto o próprio castelo. O conde, por sua vez, conduziu a princesa pela escadaria até o salão, todo reluzente com ouro e pedras preciosas.

Lá, a princesa foi prometida ao conde e, quando morreu o rei, ele foi coroado, e o gato de botas nomeado primeiro-ministro.

IRMÃOS GRIMM
HISTÓRIAS SECRETAS

✴ 1812 KHM 37A ✴

A HISTÓRIA DO GUARDANAPO, DO EMBORNAL, DO CHAPÉU-CANHÃO E DA BUZINA

*Von der Serviette, dem Tornister,
dem Kanonenhütlein und dem Horn*

Levando consigo apenas um guardanapo, um homem consegue conquistar coisas inimagináveis. Porém, parece que seus objetos mágicos não podem conquistar o amor e a fidelidade de uma princesa.

ERAM TRÊS IRMÃOS QUE VIERAM DE ROCHEDO Negro, de uma família muito pobre. Viajaram para a Espanha, onde chegaram a uma montanha feita toda de prata. O mais velho dos irmãos fez as contas, pegou tudo que podia carregar e foi embora para casa com seu butim. Os outros dois viajaram ainda mais longe e chegaram a uma montanha onde não se via nada além do mais puro ouro. Então, um falou para o outro:

— O que devemos fazer?

E o outro pegou todo o ouro que conseguia carregar e voltou para casa. O terceiro, contudo, quis arriscar uma sorte ainda melhor e seguiu em frente. Depois de três dias de viagem, alcançou uma floresta monstruosa. Mesmo cansado, embrenhou-se na mata. A fome e a sede o atormentavam, e ele não foi capaz de sair de lá. Então, subiu em uma árvore muito alta, tentando ver até onde a floresta ia, mas não conseguia ver nada além das copas das árvores. Naquele momento, tudo o que queria era nutrir e hidratar seu corpo uma vez mais, então se pôs a descer da árvore. Enquanto descia, viu ao pé dela uma mesa com quitutes diversos servidos. Muito feliz com isso, aproximou-se da mesa e comeu até se fartar. E, assim que terminou de comer, pegou o guardanapo e dobrou, e, quando voltava a sentir fome ou sede, desdobrava o guardanapo e lá estava aquilo que desejasse. Após um dia de viagem, deparou-se com um carvoeiro que estava a queimar carvão e assar batatas. O carvoeiro convidou-o a comer, mas ele respondeu:

— Não quero sua comida. Na verdade, eu é quem o convido.

O carvoeiro perguntou:

— Mas como isso é possível? Não vejo nada o que comer consigo.

— Não se preocupe, apenas sente-se aqui.

Então ele desdobrou o guardanapo e lá estava tudo o que desejava. O carvoeiro era um homem de bom gosto e ficou muito satisfeito com o guardanapo. E, depois de comer, disse:

— Troque o guardanapo comigo. Ofereço em troca um antigo embornal de soldado que, toda vez que é sacudido com as mãos, faz surgir um general e seis soldados

armados com rifles. Eles não são de nenhuma utilidade para mim na floresta, ao contrário do guardanapo.

A troca foi feita. O carvoeiro ficou com o guardanapo, e o homem de Rochedo Negro levou o embornal. Percorreu um trecho do caminho, sacudiu o embornal e os heróis de guerra chegaram, dizendo:

— Quais são suas ordens, senhor?

— Marchem naquela direção e tomem do carvoeiro meu guardanapo, que lá deixei.

Assim, deram meia-volta e retornaram com o guardanapo. À noite, o homem se deparou com mais um carvoeiro que também lhe ofereceu só batatas sem molho para comer. O homem de Rochedo Negro desdobrou então o guardanapo e convidou o carvoeiro para cear, e havia lá tudo o que ele desejava.

Terminada a refeição, aquele carvoeiro também propôs uma troca: o guardanapo por um chapéu. Se tirasse o chapéu da cabeça e virasse do avesso, ele dispararia uma saraivada de tiros tal qual um canhão. Depois de percorrer mais um trecho, o homem de Rochedo Negro bateu de novo em seu velho embornal e mandou o general e seus seis soldados trazerem de volta o guardanapo.

Então, seguiu pela mesma floresta até chegar a um terceiro carvoeiro, que, como os demais, convidou-o a comer batatas insossas. Este apresentou, por sua vez, uma proposta, em que trocaria o guardanapo por uma pequena buzina que, ao soar, fazia ruir cidades e vilarejos, bem como todas as fortalezas. Assim como os demais, o terceiro carvoeiro não manteve o guardanapo por muito tempo, pois o general e os seis soldados logo vieram retomá-lo.

Uma vez que o homem de Rochedo Negro já possuía tudo, rumou para casa, pretendendo visitar seus dois irmãos. Estes estavam ricos devido às suas montanhas de prata e ouro e, como ele chegou trajando um manto velho e rasgado, não se prestaram a reconhecê-lo como irmão. De imediato, o homem sacudiu o embornal, ordenando que cento e cinquenta soldados marchassem contra os irmãos e os destruíssem por completo. Toda a vila veio em socorro, mas não puderam fazer muito. O rei, então, enviou um esquadrão militar para combater os soldados. Mas o homem de Rochedo Negro sacudiu o embornal e produziu uma infantaria e uma cavalaria, que fez recuar o esquadrão de volta à base. No dia seguinte, o rei enviou ainda mais militares para apaziguar o homem. Este sacudiu tanto o embornal que saiu de lá todo um exército; além disso, revirou o chapéu algumas vezes, disparando os canhões, desbaratando o inimigo e obrigando-o a recuar. Então celebraram a paz, e ele foi nomeado vice-rei, recebendo, também, a mão da princesa.

Porém, a princesa nunca imaginara que teria de se casar com um velho feio e não queria nada do que ele poderia oferecer. Todos os dias, ela estudava a fonte dos poderes do homem, e ele era tão fiel que lhe revelava tudo. Assim, ela o convenceu a tirar o embornal e dar para ela. Ela então enviou soldados contra ele, que perdeu todos seus homens. Porém, ele ainda tinha o chapéu, que revirou acionando os canhões, derrotando o inimigo e restaurando a paz. Entretanto, foi traído mais uma vez, e a princesa o convenceu a entregar-lhe o chapéu. E, quando os inimigos vieram, não lhe restava nada além da pequena buzina. Então ele a fez soar, derrubando vilas, cidades e todas as fortalezas. Virou, por fim, um rei solitário, tocando a buzina até o dia de sua morte.

43

IRMÃOS GRIMM
HISTÓRIAS SECRETAS

✳ 1812 KHM 72A ✳

A PERA QUE NÃO QUERIA CAIR

Das Birnli will nit fallen

A teimosia de um mestre não é maior que a de uma pera que não quer cair.
O pior é que talvez este seja um sentimento contagioso.

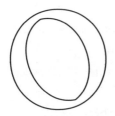

MESTRE QUERIA SACUDIR O PÉ DE PERA,
A pera, porém, não quis cair:
Enviou o mestre seu valete
Para sacudir o pé de pera,
O valete não sacudiu nem um ramalhete,
E a pera não quis cair.

Então o mestre enviou o filhote de uma fera,
Para o valete ferir:
O filhote não feriu o valete,
O valete não sacudiu nem um ramalhete,
E a pera não quis cair.

Então o mestre enviou o porrete,
Para o filhote agredir,
O porrete não bateu no filhote,
O filhote não mordeu o valete,
O valete não sacudiu nem um ramalhete,
E a pera não quis cair.

Então o mestre enviou o archote,
Para o porrete fundir
O archote não fundiu o porrete,
O porrete não bateu no filhote,
O filhote não mordeu o valete,
O valete não sacudiu nem um ramalhete,
E a pera não quis cair.

Então o mestre enviou da água um filete,
Para o archote extinguir,
O filete não extinguiu o archote,
O archote não fundiu o porrete,
O porrete não bateu no filhote,
O filhote não mordeu o valete,
O valete não sacudiu nem um ramalhete,
E a pera não quis cair.

Então o mestre enviou o garrote,
Para o filete ingerir,
O garrote não ingeriu o filete,
O filete não extinguiu o archote,
O archote não fundiu o porrete,
O porrete não bateu no filhote,
O filhote não mordeu o valete,

O valete não sacudiu nem um ramalhete,
E a pera não quis cair.

Então o mestre enviou o florete,
Para o garrote abrir,
O florete não abriu o garrote,
O garrote não ingeriu o filete,
O filete não extinguiu o archote,
O archote não fundiu o porrete,
O porrete não bateu no filhote,
O filhote não mordeu o valete,
O valete não sacudiu nem um ramalhete,
E a pera não quis cair.

Então o mestre enviou o cagoete
Para o florete destruir,
O cagoete não destruiu o florete,
O florete não abriu o garrote,
O garrote não ingeriu o filete,
O filete não extinguiu o archote,
O archote não fundiu o porrete,
O porrete não bateu no filhote,
O filhote não mordeu o valete,
O valete não sacudiu nem um ramalhete,
E a pera não quis cair.

IRMÃOS GRIMM
HISTÓRIAS SECRETAS

1812 KHM 71A

A PRINCESA COURO DE RATO

Prinzessin Mäusehaut

Um rei quer saber a intensidade do amor de suas filhas, mas talvez sua compreensão esteja um pouco limitada... A princesa mais jovem terá uma oportunidade de dar uma valiosa e inesperada lição ao pai.

Um REI TINHA TRÊS FILHAS E QUERIA SAber qual delas o amava mais. Então, ele as convocou e fez essa pergunta a elas. A mais velha disse que o amava mais do que o reino inteiro; a segunda, mais do que todas as pedras preciosas e pérolas do mundo. A terceira, contudo, disse que o amava mais do que sal. O rei ficou furioso porque ela comparou o amor que sentia por ele com algo tão corriqueiro. Chamou um servo e ordenou que a levasse para a floresta e a matasse. Ao chegarem lá, a princesa implorou ao servo pela vida dela. O servo era muito fiel à princesa e não pretendia matá-la de forma alguma. Além disso, disse que gostaria de acompanhá-la e que cumpriria todas as ordens dela. A princesa, porém, nada exigiu além de uma roupa feita de couro de rato e, quando ficou pronta, vestiu-a e foi embora. Foi direto para o átrio de um rei vizinho, apresentou-se como homem e implorou ao rei que a recebesse como servente. O rei concordou, e ela serviria como seu atendente. Todas as noites, ela deveria ajudá-lo a descalçar as botas, e todas as vezes, ele jogava as botas na cabeça dela. Certa vez, ele perguntou de onde ela vinha.

— De uma terra onde não se jogam botas na cabeça das pessoas.

A resposta deixou o rei intrigado. Por fim, outro servo trouxe um anel que Couro de Rato havia perdido. O anel era muito valioso, então pensaram que fora roubado. O rei ordenou que Couro de Rato se aproximasse e perguntou de onde aquele anel tinha vindo. Então, Couro de Rato não conseguiu mais manter o disfarce. Retirou o capuz feito de couro de rato e os cabelos áureos caíram sobre os ombros, e ela era tão linda, mas tão linda, que na mesma hora o rei tirou a coroa da cabeça e a coroou, tomando-a por esposa.

O pai de Couro de Rato também foi convidado para a festa do casamento. Como ele acreditava que a filha já estava morta havia muito tempo, não a reconheceu. Sobre a tábula, estavam servidos todos os tipos de pratos, só que sem sal. Ele ficou irritado com isso e disse:

— Prefiro morrer a comer uma comida assim!

Assim que disse essas palavras, a rainha lhe falou:

— Agora não quer viver sem sal, porém já quis me ver morta porque eu disse que o amava mais do que ao sal!

Então ele reconheceu a filha e a beijou, implorando seu perdão, e a amava mais do que a seu reino e a todas as pedras preciosas do mundo, agora que a havia reencontrado.

IRMÃOS GRIMM
HISTÓRIAS SECRETAS

✸ 1815 KHM 152A ✸

A SANTA ZELOSA

Die heilige Frau Kummernis

A relação entre uma princesa que não quis se casar e um menestrel inocente pode ser provada através de um único ato de fé.

Era uma vez uma jovem muito devota, que jurara a Deus que não iria se casar. Sendo lindíssima, o pai não aceitava a escolha dela e pretendia casá-la à força. Desalentada, ela orou, pedindo a Deus que lhe fizesse crescer uma barba, o que logo se deu; o rei, porém, ficou muito bravo e mandou crucificá-la, e assim ela se tornou uma santa.

Acontece que um paupérrimo menestrel entrou na igreja onde ficava a imagem dessa santa. Ajoelhou-se à sua presença, o que agradou muito à santa, que teve a inocência reconhecida pela primeira vez. Por isso, a imagem deixou cair uma das sandálias douradas com as quais era ornada, para que aquele peregrino fizesse bom uso dela. Ele se curvou em agradecimento e apanhou a dádiva.

Contudo, logo deram por falta do calçado dourado na igreja. Buscaram por ele em todos os lugares, até que o encontraram com o pobre violinista, que foi julgado como um ladrão perverso e condenado à forca.

Quando a procissão que acompanhava a execução parou em frente à casa de Deus, onde ficava a estátua da santa, o menestrel implorou para que o deixassem entrar na igreja, a fim de que, com a música de sua rabeca, pudesse abrir o coração para sua padroeira e assim pudesse se despedir de forma adequada. Concederam o pedido. Bastou o primeiro toque nas cordas e, veja!, a imagem deixou cair a outra sandália, mostrando que ele era inocente do furto. Assim, libertaram o violinista das algemas e amarras, e ele percorreu feliz aquelas ruas. A jovem passou a ser chamada de Zelosa.

IRMÃOS GRIMM
HISTÓRIAS SECRETAS

1812 KHM 82A

AS TRÊS IRMÃS

Die drei Schwestern

Um descuidado rei acaba tendo que penhorar todo seu reino para pagar suas dívidas de jogo. Seu maior tesouro são as três filhas, mas será que ele cuidará delas, ou entregará as filhas para poder ter toda sua riqueza de volta?

ERA UMA VEZ UM REI TÃO, MAS TÃO RICO, QUE acreditava que sua riqueza não acabaria nunca e, assim, vivia na farra e na jogatina, apostando em uma mesa de ouro com dados de prata. E assim foi por um tempo, até dilapidar quase toda a fortuna e precisar penhorar cidades e castelos, um após o outro, não lhe restando nada no final a não ser um castelo velho no meio da floresta. Para lá mudou-se com a rainha e as três filhas, e precisaram viver na penúria, não tendo nada para comer além de batatas, que todos os dias eram a única coisa servida sobre a mesa.

Certa vez, o rei quis caçar, na esperança de capturar uma lebre. Assim, encheu seu alforje com batatas e partiu.

Estava nas proximidades de uma enorme floresta que indivíduo algum ousava penetrar, uma vez que relatos dos mais terríveis se ouviam sobre o que lá se encontrava: ursos que devoravam gente, águias que arrancavam olhos, lobos, leões e todo tipo de animal sinistro. O rei, contudo, não tinha um pingo de medo e foi logo entrando. No início, não via nada, pois árvores gigantescas e portentosas se erguiam ali, mas tudo estava em silêncio mais para dentro. Passado um tempo, e já com fome, sentou-se sob uma árvore para comer das batatas quando um urso surgiu do matagal trotando em sua direção e rosnando:

— Por que te sentas sob a minha árvore de mel? Pagarás caro por isso!

O rei se apavorou e ofereceu ao urso as batatas, com a intenção de apaziguá-lo. O urso, porém, voltou a falar:

— As tuas batatas não me aprazem. Devorar-te-ei, e não há nada que possas fazer para te salvar, a menos que me entregue tua filha primogênita. Se assim o fizeres, dar-te-ei em troca cem peças de ouro.

Com medo de ser devorado, o rei prometeu que a entregaria se o urso o deixasse ir em paz. Assim, o urso mostrou-lhe a saída da floresta e rosnou às costas do rei:

— Em sete dias, buscarei minha noiva.

O rei voltou confiante para a casa, pensando que o urso nunca atravessaria um buraco de fechadura e que, portanto, nada deveria permanecer aberto. Dessa forma, todas as portas ficaram trancadas, a ponte levadiça erguida, e ele tranquilizou a filha. Contudo, para se certificar de que não ocorresse o noivado com o urso, o rei alocou a filha em uma pequena câmara sob o pináculo da torre, para que ficasse bem escondida até que os sete dias se

passassem. Na manhã do sétimo dia, porém, veio dar às portas do castelo uma carruagem esplendorosa, puxada por seis cavalos e escoltada por vários cavaleiros trajados de dourado; e assim que ela apareceu, baixaram a ponte levadiça e abriram-se todas as portas do castelo. A carruagem seguiu para o pátio, e dela desceu um belo príncipe; o rei, despertado pela algazarra, contemplou tudo pela janela do quarto e viu quando o príncipe buscou sua filha primogênita na pequena câmara trancada no último andar da torre e a fez subir na carruagem. O rei só teve tempo de lhe dizer:

— *Adeus, vestal predileta, segue seu curso, / Vá com Deus, noiva do urso!*

Da carruagem, ela ainda balançou o lencinho branco enquanto ia embora, como se o vento a levasse na direção da floresta encantada. O rei estava de coração apertado, porque fora ele que entregara a filha a um urso, e passou três dias chorando ao lado da rainha, de tão triste que estava. No quarto dia de choro, porém, pensou que não havia como mudar o que já tinha acontecido, levantou-se e foi para o pátio, e lá havia um baú de ébano muito pesado. De pronto, lembrou-se do que prometera o urso e então abriu o baú. Lá dentro havia cem peças de ouro, brilhantes e reluzentes.

Assim que o rei viu o ouro, sentiu-se consolado e logo readquiriu as cidades e o reino, retomando a antiga vida de prosperidade. Esta durou tanto quanto as peças de ouro; então, ele precisou penhorar tudo mais uma vez e se mudar de novo para o castelo na floresta e voltar a comer batatas. O rei ainda tinha um falcão e, certa vez, levou-o para o campo para caçar, com o objetivo de encontrar algo melhor para comer. O falcão decolou e voou em direção àquela sombria floresta encantada, onde o rei nunca mais havia entrado. Porém, bastou ele pisar lá que surgiu uma águia em disparada e se pôs a perseguir o falcão, que, então, voou em direção ao rei. O rei tentou afastar a águia com sua lança, mas a águia agarrou-a e partiu-a em duas tal qual um graveto, e então esmagou o falcão com uma das garras e com a outra agarrou o ombro do rei, gritando:

— Por que invadistes meu reino nos ares? Deves morrer por isso, a menos que me concedas a mão de tua filha do meio em casamento!

O rei respondeu:

— Sim, tu a terás! Mas o que me darás em troca?

— Duzentas peças de ouro — respondeu a águia —, e em sete semanas virei buscá-la.

Então, ela soltou o rei e voou em direção à floresta.

O rei estava devastado por ter vendido a segunda filha para um animal selvagem e não teve coragem de contar nada para ela. Seis semanas se passaram, e, na sétima, a princesa foi até um canteiro em frente ao castelo para aguar os ramos de linhaça. Foi quando uma majestosa carruagem chegou, assim como da outra vez, conduzida por belos cavaleiros, com o mais belo de todos vindo à frente, que logo desmontou do cavalo e disse:

— *Sobe, sobe, querida mulher, / Vem com teu belo noivo-águia viver!*

E, antes que ela pudesse responder, já estava sendo colocada no cavalo pelo príncipe, que disparou em direção à floresta como um pássaro voando:

— Adeus! Adeus!

No castelo, esperaram muito tempo pela princesa, mas ela não voltava. Por fim, o rei lembrou que, durante uma emergência, havia prometido a mão dela a uma águia que viria buscá-la. Assim que a tristeza do rei diminuiu um pouco, ele se lembrou da promessa da águia e saiu em disparada, encontrando no canteiro dois ovos de ouro, cada um com o peso de cem peças. *Só tem ouro quem é pio o bastante*, pensou ele, e afastou da mente todos os pensamentos ruins. Recomeçou, então, a antiga vida luxuosa e demorou um tempo até que dilapidasse as duas centenas de peças de ouro e tivesse de voltar a morar no castelo da floresta, e a princesa que ainda restara a seu lado precisasse cozinhar batatas uma vez mais.

O rei não queria mais caçar lebres na floresta ou pássaros no céu, mas gostaria de comer um peixe. Então, a princesa teceu uma rede, e ele partiu para um lago não muito longe da floresta. Como havia um barquinho por lá, ele embarcou e, com a rede, pegou de uma vez só várias trutas de pintas vermelhas bem bonitas. Porém, quando quis voltar para a terra, o barquinho não se movia, e nada que ele fizesse parecia adiantar, nem mesmo remar. De repente, uma gigantesca baleia surgiu, bufando:

— Por que capturas meus súditos? Isto custará tua vida!

Então, ela arreganhou a bocarra, como se fosse devorar o rei com barquinho e tudo. Quando o rei viu a bocarra, perdeu toda a coragem, lembrou-se da terceira filha e gritou:

— Poupe a minha vida e terás minha filha caçula.

A baleia bufou em resposta:

— Quero dar-te algo em troca. Ouro não possuo, para mim é imprestável, porém o fundo do meu oceano é forrado com inúmeras pérolas, e dar-te-ei três sacos cheios delas. Em sete meses, virei para buscar minha noiva.

Então, ela mergulhou para as profundezas.

O rei alcançou a terra, trazendo consigo a truta pintada. Mas, depois que ela foi assada, não quis comer nem um pedaço e, quando viu a filha, a única que lhe restara e a mais bela e amorosa das três, sentiu como se milhares de facas lhe apunhalassem o coração. Assim, passaram-se seis meses sem que a rainha ou a princesa soubessem o que incomodava o rei, que durante todo esse período pareceu muito infeliz. No sétimo mês, a princesa estava em frente ao poço, enchendo um copo de água; chegou, então, uma carruagem puxada por seis cavalos brancos e conduzida por pessoas vestidas de prata. Da carruagem desceu um príncipe, tão belo como ela nunca vira igual em toda sua vida, e lhe pediu um copo d'água. E, quando ela lhe deu, o príncipe segurou-a pela mão, envolveu-a com o braço e fez com que subisse na carruagem, atravessaram os portões, passaram pelos campos e foram em direção ao lago.

— *Adeus, amada dama, não pranteia; / Vai com ele, seu noivo-baleia!*

A rainha estava na janela e viu aquela carruagem ao longe e, quando não encontrou a filha, sentiu o coração pesar, e chamou e buscou por ela por todo canto; ela, contudo, não estava ao alcance dos olhos ou dos ouvidos. Assim, a rainha teve certeza de que a princesa não estava lá e começou a chorar. O rei, então, contou tudo:

— Uma baleia veio buscá-la, porque tive de dar a mão dela em casamento, e era por isso que eu estava sempre tão triste.

O rei tentou consolar a rainha e falou sobre a enorme riqueza que receberiam. A rainha, porém, não quis saber nem conversar nada sobre o assunto. Sua única filha lhe era mais preciosa do que todos os tesouros do mundo. Enquanto o príncipe-baleia levava a princesa embora, os servos dele trouxeram três sacos majestosos para o castelo, que o rei encontrou em frente aos portões. Quando ele os abriu, estavam cheios de enormes pérolas, tão grandes quanto a mais rotunda das ervilhas. Assim, tornou-se rico mais uma vez e, na verdade, mais rico do que jamais fora. Retomou suas cidades e castelos, mas não a vida de ostentação, ao contrário: manteve-se calmo e frugal, e quando parava para pensar no que poderia ter ocorrido com as três queridas filhas, que poderiam até mesmo terem sido devoradas por aqueles animais selvagens, perdia toda a vontade de viver.

A rainha também não se consolava e chorou mais lágrimas pelas filhas do que todas as pérolas trazidas pela baleia. Por fim, ficaram mais conformados e, depois de um tempo, voltaram a se alegrar, pois trouxeram ao mundo um lindo menino, um inesperado presente de Deus. Foi batizado de Reinald, o menino-prodígio.

O menino era grande e forte, e a rainha falava-lhe com frequência acerca de suas três irmãs que foram capturadas por três feras da floresta encantada. Ao completar dezesseis anos, o rapaz exigiu do rei uma armadura e uma espada e, assim que as recebeu, quis partir para se aventurar; pediu a benção aos pais e partiu.

Foi direto para a floresta encantada e não tinha nada na cabeça além da ideia de procurar pelas irmãs. No início, vagou por um longo tempo pela imensa floresta, sem se deparar com nenhum homem ou animal. Depois de três dias, porém, avistou diante de uma gruta uma jovem mulher sentada a brincar com um filhote de urso; ela trazia um outro, ainda mais jovem, no colo. Reinald pensou que aquela com certeza seria sua irmã mais velha, deixou o cavalo e foi em direção a ela:

— Irmã mais do que amada, sou teu irmão Reinald e vim visitar-te.

A princesa olhou para ele, e como era muito parecido com o pai, não duvidou de suas palavras; sentia medo, porém, e então falou:

— Ah, querido irmão, apressa-te e vá, se tens amor à vida. Meu marido, o urso, já vem para casa e, se te encontra, devora-te sem a menor compaixão.

Mas Reinald respondeu:

— Não tenho medo de nada e não te deixarei até ter certeza de que estás bem.

Vendo que ele não iria embora, a princesa o escondeu em sua caverna, que era escura como o covil de um urso. Em um dos cantos, havia um amontoado de folhas e palha para o urso mais velho dormir com os filhotes, mas, do lado oposto, encontrava-se uma cama magnífica, com adornos escarlates e trançados em ouro, que pertencia à princesa. Ela mandou o príncipe rastejar para debaixo da cama e depois lhe deu algo de comer. Não demorou muito, e o urso chegou em casa:

— Farejo! Farejo carne humana!

E quis enfiar a enorme cabeça debaixo da cama.

A princesa, então, clamou:

— Acalma-te! Quem viria até aqui?

— Achei um cavalo na floresta e o devorei — rosnou ele, e ainda trazia manchas de sangue no focinho. — Ele pertencia a um homem cujo cheiro eu sinto!

E tentou de novo olhar debaixo da cama. Mas a princesa deu-lhe um chute tão forte no lombo que ele rolou para o lado, foi para seu leito com a pata metida na boca e dormiu.

A cada sete dias, o urso assumia sua forma natural. Era um belo príncipe, e a gruta, um majestoso castelo, bem como os animais da floresta eram seus servos. Foi em um desses dias que buscou a princesa; lindas jovens foram até o castelo lhe fazer companhia e uma festa adorável teve lugar, e ela foi dormir radiante de alegria. Porém, ao acordar, viu-se em um escuro covil de urso, e o marido havia se transformado em um urso que rosnava a seus pés. Apenas a cama e as coisas que ela havia tocado conservaram inalterada sua forma natural. Assim, a princesa vivia seis dias em tristeza e no sétimo era consolada. E ela não envelhecia, já que vivia sua vida apenas um dia por semana e, por conta disso, estava satisfeita com o rumo das coisas. Com o marido, teve dois filhos, que também eram ursos por seis dias na semana, assumindo a forma humana apenas no sétimo. A cada vez, ela escondia deliciosas guloseimas em suas camas de palha, como bolos e frutas, para que tivessem o que comer durante a semana, e o urso lhe era bem obediente, fazendo tudo o que ela mandasse.

Ao acordar, Reinald se viu deitado em uma cama sedosa; estavam à sua espera e vestiram-no com os trajes mais requintados, pois calhou de sua visita coincidir com o sétimo dia. A irmã chegou acompanhada de dois belos principezinhos e de seu cunhado, o urso, e celebraram a presença de Reinald. Tudo se cercava de esplendor e glória, e o dia foi repleto de prazeres e alegrias; porém, quando a noite chegou, a princesa disse:

— Amado irmão, deves partir, pois com o raiar do dia meu marido retornará à forma de urso e, se pela manhã ainda te encontras por aqui, ele não será capaz de controlar seus instintos e devorar-te-á.

Então, o príncipe-urso se aproximou e entregou-lhe três pelos de urso, dizendo:

— Quando estiveres em perigo, esfregue estes pelos e virei em teu socorro.

Depois disso, beijaram-se e se despediram, e Reinald subiu em uma carruagem conduzida por seis corcéis e partiu. Percorreram vales e pedreiras, subiram e desceram montanhas, atravessaram desertos e florestas, arbustos e alamedas, sem pausa ou descanso até o alvorecer, quando o céu começou a ficar cinza. Então, Reinald percebeu que estava deitado no chão e que os cavalos e a carruagem tinham desaparecido. Quando o sol nasceu, viu seis formigas andando a galope e puxando uma casca de noz.

Reinald percebeu, então, que ainda estava na floresta encantada e decidiu procurar pela segunda irmã. Durante três dias, voltou a vagar por aqueles ermos, mas foi tudo em vão. No quarto dia, contudo, ouviu uma grande águia voando baixo em direção a seu ninho. Reinald se escondeu nos arbustos e esperou até que ela voasse para longe de novo. Depois de sete horas, ela voltou aos céus. Então, Reinald se aproximou da árvore e chamou:

— Irmã mais do que amada que estás aí em cima, deixe-me ouvir tua voz. Sou Reinald, teu irmão, e vim visitar-te.

Então ele ouviu um chamado às costas:

— És Reinald, meu irmão mais do que amado, que nunca vi, mas que veio até mim?

Reinald queria escalar até ela, mas o tronco era muito grosso e escorregadio. Por três vezes, ele tentou sem sucesso, até que uma escada de seda trançada desceu e, em um instante, ele subiu até o ninho da águia. O ninho era forte e firme como um caramanchão em uma tília*. A irmã estava sentada sobre um baldaquim feito de seda cor-de-rosa e a seus pés jazia um ovo de águia que mantinha aquecido para chocar. Beijaram-se e regozijaram-se, mas, após algum tempo, a princesa falou:

— Apressa-te, irmão amado, vai para longe. Se a águia, meu marido, ver-te, arrancar-te-á os olhos e devorar-te-á o coração, como fez com três de teus servos que procuravam por ti na floresta.

Reinald respondeu:

— Não! Ficarei aqui até que teu marido se transforme.

— Tal só ocorrerá daqui a seis semanas, mas, se consegues esperar, esconde-te na árvore, que é oca por dentro. Todos os dias colocarei comida lá para ti.

Reinald rastejou para dentro da árvore e todos os dias a princesa lhe trazia comida, e, quando a águia saía

---

* Tília é um gênero botânico típico de regiões de clima temperado. Uma árvore alta, grande e forte. É bem provável que os Grimm tenham escolhido a tília para figurar na história devido à fama de árvore sagrada para os antigos guerreiros germânicos, que acreditavam que a tília oferecia uma proteção mágica aos homens na batalha. [N.T.]

a voar, ele se juntava à princesa. Após seis semanas, a transformação aconteceu, e Reinald despertou mais uma vez em uma cama, como aconteceu com seu cunhado urso, só que agora tudo era ainda mais esplendoroso, e ele viveu sete dias com o príncipe-águia em completa alegria. Na noite do sétimo dia, eles se despediram, e a águia lhe deu três penas e falou:

— Quando estiveres em perigo, esfrega estas penas que virei em teu socorro.

Então cedeu-lhe servos para guiarem-no pelo caminho. Porém, quando veio a alvorada, eles haviam desaparecido, deixando Reinald sozinho no alto de um penhasco em um ermo tenebroso.

Reinald olhou em volta e viu ao longe o espelho d'água de um enorme lago, em que podia ver até mesmo o reflexo dos primeiros raios de sol. Pensou na terceira irmã e que ela poderia estar lá. Começou, então, a descer o penhasco e abrir caminho entre os arbustos e rochas. Dispendeu três dias nessa empreitada, mas, na manhã do quarto dia, alcançou seu destino. Posicionou-se às margens do lago e chamou:

— Irmã mais do que amada, se aí te encontras, deixa-me ouvir tua voz. Sou Reinald, teu irmão, e vim visitar-te.

Porém, ninguém respondeu e tudo permaneceu em silêncio. Ele lançou migalhas de pão na água e falou aos peixes:

— Peixinhos queridos, nadem até minha irmã e digam a ela que Reinald, o menino-prodígio, está aqui e quer vê-la.

As trutas de pintas vermelhas, contudo, abocanhavam o pão, mas não ouviam as palavras dele. Foi aí que viu um barquinho. Despiu a armadura, mantendo apenas a espada

cega empunhada. Pulou na embarcação e se pôs a remar. Navegou por um longo tempo, até ver uma chaminé saindo de uma montanha de cristal que assomava das águas. Dali saía um som agradabilíssimo. Reinald remou até ela; *lá embaixo, com certeza, vive minha irmã*, pensou ele, então sentou-se no alto da chaminé e começou a descer pelo lado de dentro.

A princesa se assustou ao ver um par de pernas humanas penduradas na chaminé, mas logo desceu um homem inteiro, que se apresentou como irmão dela. Alegraram-se do fundo do coração, mas ela logo voltou a ficar melancólica e disse:

— A baleia ouviu que pretendias me procurar, e afirmou que se vieres enquanto ele estiver em sua forma de baleia, não será capaz de controlar seus instintos de te devorar. E ainda vai quebrar a minha morada de cristal e deixar que a correnteza me leve.

— Podes me ocultar até o momento em que o feitiço tenha passado?

— Ai, não sei como faremos isso. Não vês que as paredes são todas feitas de cristal e inteiramente translúcidas?

Porém, ela pensou e pensou ainda mais um pouco, até lhe ocorrer que na casa havia um depósito de lenha. A lenha ficava tão amontoada lá dentro que não era possível ver mais nada do lado de fora, e foi no depósito que ela escondeu o menino-prodígio.

Logo depois, a baleia chegou e a princesa começou a tremer como vara verde. A baleia nadou mais algumas vezes em torno da morada de cristal e, ao ver uma pontinha das roupas de Reinald aparecendo entre as lenhas, sacudiu as nadadeiras e esguichou com força. Se visse mais alguma coisa certamente destruiria a casa. Todos os dias, a baleia vinha e dava voltas nadando, até que, finalmente, no sétimo mês, o feitiço foi suspenso. Então, Reinald se viu em um castelo, cujo esplendor transcendia até mesmo o da águia e que se localizava no centro de uma bela ilha; lá ele viveu durante todo um mês com a irmã e o cunhado na maior das alegrias. Contudo, quando o mês estava prestes a acabar, a baleia deu-lhe três escamas e disse:

— Quando estiveres em perigo, esfrega estas escamas que virei em teu socorro.

E devolveu-o para a margem do lago, onde se encontrava a armadura do príncipe.

O menino-prodígio vagou por sete dias na selva e dormiu por sete noites ao relento, até que viu um castelo com uma porta de aço trancada por uma fechadura poderosa. Diante da porta, um touro negro de olhos flamejantes vigiava a entrada. Reinald atacou, dando-lhe uma estocada violenta no pescoço. Porém, o pescoço era feito de aço e a espada se estilhaçou como se fosse de vidro. Tentou usar a lança, mas ela se partiu como um graveto. O touro, então, agarrou-lhe com os chifres e o lançou para o ar, e ele ficou preso entre os galhos de uma árvore.

Então, Reinald, tomado pela urgência, lembrou-se dos três pelos de urso, esfregou-os com a mão e, em um instante, surgiu um urso que lutou com o touro e o estraçalhou. Porém, da barriga do touro voou uma ave de rapina, que voava alto e depois rasante. Reinald, então, esfregou as três penas de águia, e de imediato surgiu uma águia majestosa no céu e perseguiu a ave, que voou direto para um lago. A águia mergulhou atrás dela, fazendo-a em pedaços. Porém, Reinald viu que a ave havia botado um ovo na água. Ele esfregou as três escamas e uma baleia surgiu, engolindo o ovo e cuspindo-o em terra firme.

Reinald pegou o ovo e o partiu com uma pedra, retirando da casca uma pequena chave que abria a porta de aço. Bastou tocar no portão com a chave para que se abrisse. Então ele entrou, e todas as grades e outras portas se abriram sozinhas; ele atravessou sete portas, entrando em sete câmaras regiamente iluminadas, e na sétima, uma bela jovem jazia em uma cama, a dormir. A jovem era tão bela que ele se apaixonou por ela completamente. Tentou despertá-la, mas nada parecia funcionar. Ela dormia de maneira tão profunda que parecia estar morta. Enraivecido, bateu com força em uma lápide negra que ficava próxima da cama, e no mesmo instante a jovem despertou, mas voltou a dormir quase que de imediato. Então, ele pegou a lápide e a arremessou contra o chão de pedra, partindo-a em mil pedacinhos. Assim que isso se deu, a jovem se mexeu, abriu os olhos e o feitiço foi quebrado. Ela era a irmã dos três cunhados de Reinald e, por se recusar a amar um feiticeiro ímpio, foi condenada àquele sono mortal, e os irmãos dela, transformados em bestas até que a lápide negra fosse destruída.

Reinald conduziu a jovem para fora e, quando atravessavam o portão, seus três cunhados vieram cavalgando de três lugares distintos, libertos dos feitiços, e com eles vieram suas esposas e filhos e, na verdade, a esposa da águia chocara um ovo do qual nasceu uma linda menininha, que ela trazia no colo. Dali, foram todos até o velho rei e a velha rainha. O menino-prodígio havia trazido as três irmãs de volta para casa e, não demorou muito, casou-se com a bela jovem, e a alegria e a felicidade se espalharam por todos os lados.

E o gato foi para casa com pressa, pois é aqui que minha historinha cessa.

IRMÃOS GRIMM
HISTÓRIAS SECRETAS

✶ 1812 KHM 54A ✶

HANS ESTÚPIDO

Hans Dumm

Um limão oferecido por uma criança leva uma princesa ao que pensa ser seu maior infortúnio. Mas, assim como seu pai, ela vai aprender que não se deve julgar ninguém pelas aparências.

ERA UMA VEZ UM REI QUE VIVIA FELIZ COM A única filha. Acontece que a princesa deu à luz uma criança cujo pai ninguém sabia quem era. O rei não sabia nem por onde começar a procurar e, por fim, ordenou que a princesa deveria ir com o filho para a igreja e que lá deveriam colocar um limão na mão dele. Dessa forma, a pessoa a quem ele ofertasse o limão deveria ser o pai e se casaria com a princesa.

Assim foi feito, e foi ordenado que ninguém entre os homens nobres pudesse sair da igreja. Mas havia na cidade um rapazinho torto e corcunda, que não era lá muito inteligente e que, por isso, era chamado de Hans Estúpido, que se misturou sem ser visto entre aqueles que estavam na igreja. E, quando o menino ofereceu o limão, foi Hans Estúpido quem o pegou. A princesa ficou mortificada. O rei ficou tão irritado que meteu a princesa, Hans e o menino em um barril e lançou os três ao mar. O barril deslizou veloz e, quando já estavam sozinhos em alto-mar, a princesa reclamou:

— Seu moleque asqueroso, corcunda e intrometido. Você é o culpado pelos meus infortúnios. Se não tivesse se enfiado na igreja, não teria sido escolhido pelo menino.

— Ah, sim — respondeu Hans Estúpido —, é mesmo minha culpa, porque, certa vez, desejei que você tivesse um filho e o que eu desejo se torna realidade.

— Se é verdade, então deseje que tenhamos o que comer.

— Isso é fácil — retrucou Hans Estúpido, desejando uma travessa cheia de batatas.

A princesa preferiria algo melhor para comer, mas, como estava muito faminta, se pôs a comer as batatas. Depois disso, eles se sentaram, e Hans Estúpido disse:

— Desejo agora que tenhamos um belo navio!

E se fez como ele havia dito, e embarcaram em um navio majestoso, onde havia em abundância tudo o que pudessem querer. O timoneiro conduziu-os à terra firme e, ao desembarcar, Hans Estúpido falou:

— Desejo agora um castelo, bem aqui!

Ali surgiu um castelo magnífico, e serviçais trajados em ouro vieram e conduziram a princesa e o menino para o interior do lugar. Quando estavam no meio do salão, Hans Estúpido disse:

— Desejo agora me tornar um príncipe jovem e inteligente!

Então ele perdeu a sua corcunda e ficou belo, aprumado e gentil, o que encantou a princesa, e, depois disso, os dois se casaram.

Assim, viveram felizes por muito tempo. Até que, um dia, o velho rei se perdeu durante uma cavalgada e veio dar no castelo. Ele ficou maravilhado, pois nunca tinha visto aquele castelo, e decidiu entrar. A princesa reconheceu o pai de imediato, mas ele não a reconhecera, já que acreditava que a filha havia se afogado no mar havia muito tempo. Ela o tratou com toda a hospitalidade e, no momento que ele se dispôs a voltar para casa, ela escondeu um cálice de ouro na bolsa dele. Quando ele foi embora, porém, ela enviou dois cavaleiros atrás dele, que deveriam interceptá-lo e vasculhar as coisas dele para ver se havia roubado o cálice de ouro. E, se o cálice fosse encontrado em sua bolsa, ele deveria ser trazido de volta. O rei jurou à princesa que não havia roubado o cálice e que não sabia como o objeto havia parado na bolsa dele.

— É por isso — disse ela — que não devemos julgar alguém tão depressa.

Então ela se fez reconhecer como a filha dele. Isso deixou o rei exultante, e eles viveram felizes juntos. E, depois da morte do rei, Hans Estúpido foi coroado.

IRMÃOS GRIMM
HISTÓRIAS SECRETAS

✶ 1812 KHM 66A ✶

HURLEBURLEBUTZ

Hurleburlebutz

Um rei promete a mão de sua filha mais nova a um anãozinho para conseguir sair de uma floresta. As princesas, relutantes, tentam enganar o anão, mas algo sempre dá errado. Contudo, a mais nova aprenderá que nem tudo é o que parece.

UM REI SE PERDEU DURANTE A CAÇADA, E então um anãozinho branco se postou à frente dele:

—Majestade! Se me concedes a mão de tua filha mais nova em casamento, guiar-te-ei para fora da floresta.

Tomado pelo medo, o rei concordou. O anãozinho mostrou-lhe o caminho e, ao se despedir, gritou:

—Em oito dias, irei buscar minha noiva!

Em casa, o rei se entristeceu com a promessa, porque a filha mais nova era a preferida dele. As princesas o viram daquele jeito e quiseram saber o que o preocupava. Por fim, ele precisou confessar que havia prometido a mais nova para um anãozinho branco da floresta e que ele viria em oito dias para buscá-la. Mas elas disseram para ele não se preocupar, que iriam cuidar do anãozinho. Quando chegou o dia, vestiram a filha de um pastor de vacas com as roupas da princesa, sentaram-na em seus aposentos e deram a seguinte ordem:

— Se chegar alguém para lhe buscar, vá com ele!

Então, deixaram a casa. Tinham acabado de sair quando chegou uma raposa ao castelo e disse à garota:

— Sente-se em minha cauda hirsuta, Hurleburlebutz! Vamos para a floresta!

A garota se sentou na cauda da raposa e foi levada para a floresta. Quando chegaram ao lugar verde e belo, onde brilhava um sol bem cálido e claro, a raposa disse:

— Desça e cate meus piolhos!

A garota obedeceu, e a raposa pousou a cabeça no colo dela. Enquanto cuidava dos piolhos, a garota falou:

— Ontem o clima na floresta estava ainda mais bonito!

— Como você veio parar na floresta? — perguntou a raposa.

— Ora, vim com meu pai, o pastor de vacas.

— Então você não é a princesa. Sente-se em minha cauda hirsuta, Hurleburlebutz! De volta para o castelo!

Então a raposa trouxe-a de volta e falou para o rei:

— Tu me enganaste, aquela é filha de um pastor de vacas. Em oito dias, voltarei para pegar tua filha.

Em oito dias, entretanto, as princesas vestiram a filha de um pastor de gansos de maneira esplêndida, colocaram-na no quarto e foram embora. Então, a raposa voltou e disse:

— Sente-se em minha cauda hirsuta, Hurleburlebutz! Vamos para a floresta!

Na floresta, ao chegarem a um local ensolarado, a raposa repetiu:

— Desça e cate meus piolhos.

Enquanto a garota catava os piolhos, suspirou e disse:

— Onde será que estão meus gansos?

— O que você sabe sobre gansos?

— Ora, eu os levava todos os dias com meu pai para as pradarias.

— Então você não é a filha do rei! Sente-se em minha cauda hirsuta, Hurleburlebutz! De volta para o castelo!

A raposa trouxe-a de volta e disse ao rei:

— Enganaste-me uma vez mais, aquela é filha de um pastor de gansos. Em oito dias, estarei de volta e, se não me entregares tua filha, sofrerás as consequências.

O rei ficou com medo e, quando a raposa voltou, entregou a princesa.

— Sente-se em minha cauda hirsuta, Hurleburlebutz! Vamos para a floresta!

Então ela montou na cauda da raposa e, quando chegaram a um local ensolarado, a raposa disse:

— Desça e cate meus piolhos!

Quando a raposa pousou sua cabeça no colo da princesa, ela começou a chorar e disse:

— Sou a filha do rei e tenho que catar os piolhos de uma raposa! Estivesse eu em casa, em meu quarto, estaria a contemplar as flores no jardim.

A raposa ouviu tudo isso. A princesa era, por direito, sua noiva, então a raposa se transformou no anãozinho branco e se casou com ela, que teve de morar com ele em

sua pequena cabana na floresta, cozinhando e costurando para ele; e assim foi por um bom tempo. O anãozinho, contudo, fazia o que podia para agradá-la.

Certa vez, o anãozinho disse a ela:

— Preciso ir embora, mas logo três pombas brancas chegarão voando bem baixo, perto do chão. Pegue, então, a que estiver no meio e, quando o fizer, corte logo a cabeça dela. Cuide, contudo, para não capturar nenhuma outra que não seja a do meio, pois senão um enorme infortúnio cairá sobre você.

O anãozinho se foi e, não demorou muito, três pombas brancas vieram voando. Cuidadosa, a princesa agarrou a do meio, pegou uma faca e cortou fora a cabeça. Assim que ela caiu no chão, surgiu um lindo e jovem príncipe, que falou:

— Fui amaldiçoado por uma fada, por sete anos perderia minha forma, e então, como uma pomba, viria até minha esposa, entre duas outras aves. Ela precisaria me capturar e decapitar. Se não me capturasse ou se capturasse a pomba errada e eu voasse uma vez mais, tudo estaria perdido e sem solução. Por isso, ordenei que prestasse atenção, pois sou o anãozinho e você, minha esposa.

Então, a princesa se alegrou e foram juntos até o pai dela. Quando ele morreu, os dois herdaram o reino.

IRMÃOS GRIMM
HISTÓRIAS SECRETAS

✶ 1812 KHM 62A ✶

O BARBA AZUL

Blaubart

Obrigada a se casar com um estranho homem, uma jovem se vê em um castelo cheio de riquezas. Portando as chaves de todos os cômodos, sabe que há um único local que lhe é proibido. Sua curiosidade pode significar sua ruína, ou a revelação de um segredo hediondo. Conto popular.*

EM UMA FLORESTA, VIVIA UM HOMEM QUE TInha três filhos e uma linda filha. Certa vez, lá chegou uma carruagem dourada puxada por seis cavalos e acompanhada por uma multidão de serviçais. A carruagem parou em frente a casa e dela desceu um rei que saudou o homem e disse que gostaria de se casar com a filha dele. O homem ficou feliz por sua filha ter sido agraciada com tamanha sorte e, de pronto, respondeu que sim. Também não havia nada de errado com o pretendente, além de uma barba toda azul,

---

* Conhecidamente publicado pela primeira vez por Charles Perrault em 1697. Os Grimm, então, republicaram como uma versão.

que assustava um pouco quem a olhasse com mais atenção. A garota também se assustou com ele e, a princípio, não quis o casamento, mas, depois de conversar com o pai, enfim concordou. Porém, como ainda sentia muito medo, foi antes conversar com os irmãos. Ficou sozinha com eles e disse:

— Irmãos queridos, se me ouvirem gritar, onde quer que estejam, larguem tudo o que estiverem fazendo e venham em meu socorro.

Assim prometeram os irmãos enquanto a beijavam:

— Fique tranquila, amada irmã; se ouvirmos sua voz, montaremos em nossos cavalos e logo estaremos consigo.

Então ela embarcou na carruagem do Barba Azul e foi embora com ele. Quando chegou a seu castelo, tudo era magnífico, e o que a agora rainha desejasse, assim se fazia. Ela só ficaria feliz de verdade, porém, se pudesse se acostumar com a barba azul do rei. Contudo, sempre que a via, ela se apavorava muito. Passado um tempo, ele disse:

— Preciso fazer uma grande viagem. Aqui estão as chaves de todo o castelo, de forma que poderá destrancar tudo e ver o que quiser. Apenas a câmara a que pertence esta pequena chave dourada eu lhe proíbo de destrancar. Destranque-a e perderá sua vida.

Ela pegou as chaves e prometeu obedecê-lo e, assim que ele foi embora, destrancou uma porta após a outra e viu muitas riquezas e coisas preciosas trazidas de todos os cantos do mundo. Logo, só restara a porta da câmara proibida sem destrancar. Como a chave era de ouro, ela pensou que lá dentro deveria estar trancada a coisa mais preciosa de todas. A curiosidade começou a atormentá-la, e ela preferia não ter visto nenhum dos outros cômodos só

para saber o que havia naquele. Resistiu à tentação por um bom tempo, mas era tão forte que, por fim, pegou a chave e se dirigiu à câmara.

— Quem vai saber que abri a porta? — dizia a si mesma. — Além disso, só vou dar uma olhadinha.

Destrancou, então, a porta, e quando a abriu, um jato de sangue veio em sua direção, e nas paredes viu mulheres mortas penduradas, e de algumas delas nada restava além de esqueletos. Seu pavor foi tão intenso que fechou a porta na mesma hora, porém, a chave caiu de sua mão direto no sangue. Bem depressa, pegou a chave e tentou limpá-la, mas foi em vão, pois quando conseguia limpar de um lado, o outro já estava sujo de novo. Ela se sentou e esfregou a chave o dia inteiro e tentou tudo o que fosse possível, mas nada ajudou a limpar as manchas de sangue. Por fim, ao anoitecer, colocou-a no feno, que deveria absorver o sangue durante a noite.

No dia seguinte, o Barba Azul retornou, e a primeira coisa que fez foi pedir as chaves de volta. O coração dela saltou. Ela entregou as demais, esperando que ele não desse falta da chavinha dourada. Porém, ele contou uma por uma e, ao terminar, perguntou, fitando-a bem nos olhos:

— Onde está a chave da câmara secreta?

Enrubescida, ela respondeu:

— Eu a perdi lá em cima. Amanhã vou procurar.

— Vá agora mesmo, querida esposa, vou precisar dela ainda hoje.

— Ai, preciso confessar que a perdi no feno, devo procurar lá primeiro.

— Não perdeu, não — retrucou o Barba Azul, irritado. — Você a escondeu lá para que o feno absorvesse as

manchas de sangue. Quer dizer que descumpriu minha ordem e esteve na câmara. Mas agora você vai para lá, mesmo contra sua vontade.

Então ela teve que pegar a chave, que ainda estava manchada de sangue.

— Agora, prepare-se para morrer. Ainda hoje perecerá — declarou o Barba Azul, enquanto segurava sua enorme faca e conduzia-a até a câmara.

— Só me deixe rezar antes de minha morte — pediu ela.

— Pode rezar, mas se apresse, porque não tenho tempo a perder.

Ela então correu escada acima e gritou tão alto quanto podia pela janela:

— Irmãos, meus queridos irmãos! Venham, ajudem-me!

Os irmãos estavam na floresta tomando vinho fresco. Então, falou o mais novo:

— Creio ter ouvido a voz de nossa irmã. Devemos correr para socorrê-la!

Então montaram em seus cavalos e cavalgaram velozes como um vendaval. A irmã deles, porém, estava de joelhos, morrendo de medo. O Barba Azul gritou lá de baixo:

— E então, já está pronta?

E ela ouvia enquanto ele afiava a faca. Ela olhou para fora, mas não via nada além de poeira, como se um rebanho estivesse a se aproximar. Então gritou uma vez mais:

— Irmãos, meus queridos irmãos! Venham, ajudem-me!

E seu medo era cada vez maior. O Barba Azul então gritou:

— Se não descer logo, vou aí buscá-la. Minha faca já está afiada!

Nesse momento, ela olhou de novo pela janela e viu os três irmãos cavalgando pelo campo, como pássaros voando no céu. Desesperada, gritou uma terceira vez, com todas as forças:

— Irmãos, meus queridos irmãos! Venham, ajudem-me!

E o mais novo já estava tão próximo que ouviu a sua voz:

— Acalme-se, amada irmã, só mais um instante e estaremos consigo.

Porém, o Barba Azul gritou:

— Agora chega de reza que não aguento mais esperar. Se não desce, vou aí buscá-la!

— Ai! Só me deixe rezar para meus três irmãos queridos.

Ele não deu ouvidos a ela. Subiu as escadas e arrastou-a para baixo. Depois, agarrou-a pelos cabelos e pretendia atravessar seu coração com a faca. Então, os três irmãos bateram no portão do castelo, entraram e arrancaram-na das mãos dele, sacaram seus sabres e o mataram. E ele foi pendurado na câmara sangrenta com as outras mulheres que havia matado. Os irmãos levaram a amada irmã de volta para casa, assim como toda a riqueza do Barba Azul, que agora lhe pertencia.

IRMÃOS GRIMM
HISTÓRIAS SECRETAS

✶ 1812 KHM 77A ✶

O CARPINTEIRO E O TORNEIRO

Vom Schreiner und Drechsler

A obra-prima de um torneiro pode ter sido rejeitada por seu povo, mas muito bem-vinda em outro reino. Munido com as asas projetadas pelo torneiro, um príncipe conquistará coisas inimagináveis.

UM CARPINTEIRO E UM TORNEIRO PRO-duziriam suas obras-primas. Então, o carpinteiro construiu uma mesa que nadava sozinha e o torneiro fez asas com que se podia voar. Uma vez que todos diziam que o carpinteiro teve mais sucesso com a peça dele, o torneiro pegou as asas e voou, de manhã até a noite, indo parar em outro país.

Nesse outro país, havia um jovem príncipe que viu o torneiro voar e implorou para que lhe cedesse o par de asas, pelo qual estava disposto a pagar um bom preço. O príncipe recebeu as asas e voou, chegando até outro reino, que possuía uma torre com muitas luzes acesas. Assim que pousou, perguntou sobre as luzes e ouviu que na torre vivia a mais bela princesa de todo o mundo. Ele foi tomado pela curiosidade e, assim que a noite chegou, entrou voando na torre por uma janela aberta. Porém, não ficaram juntos por muito tempo, porque o príncipe e a princesa foram traídos e condenados a morrer na fogueira.

O príncipe, contudo, trazia consigo suas asas e, assim que as chamas começaram a arder, abriu-as e voou com a princesa de volta à sua terra natal. Lá, ele pousou, e como todos sentiam a falta dele, foi aclamado rei assim que o reconheceram.

Depois de um tempo, o pai da princesa decretou que daria metade do reino para quem trouxesse a filha dele de volta. Ao saber disso, o príncipe reuniu um exército e levou ele mesmo a princesa até o pai, forçando-o a cumprir a promessa.

IRMÃOS GRIMM
HISTÓRIAS SECRETAS

1812 KHM 73A

O CASTELO DA MATANÇA

Das Mörderschloss

Recém-casada, uma jovem se vê num castelo cheio de riquezas, mas é avisada por uma senhora que seu destino será sangrento. Desesperada, ela foge para um reino vizinho, onde poderá ter a oportunidade de virar esse jogo.

ERA UMA VEZ UM SAPATEIRO QUE TINHA TRÊS filhas. Um dia, quando o sapateiro não estava, chegou um senhor muito bem-vestido, com uma carruagem magnífica, por isso pensaram que ele devia ser muito rico. Ele se apaixonou por uma das lindas filhas do sapateiro, e ela pensou que era muita sorte ter encontrado um homem tão rico e não impôs obstáculos a irem embora cavalgando. Ao anoitecer, quando estavam no meio do caminho, ele perguntou:

— *A lua brilha tão clara, / Meu potro tão veloz dispara / Amada, sentes algum receio?*

— Não. Por que razão deveria ter algum receio? Estive sempre a esperar por ti.

Porém, ela trazia em seu âmago uma profunda angústia. Como estavam em uma imensa floresta, ela perguntou se chegariam logo ao destino.

— Sim — respondeu ele. — Vês aquela luz ao longe? Aquele é meu castelo.

Por fim, chegaram ao castelo, e tudo era muito bonito.

No dia seguinte, ele disse que precisaria deixá-la sozinha por alguns dias, porque tinha coisas importantes e inadiáveis a resolver. Porém, queria que ela ficasse com todas as chaves para que pudesse ver todo o castelo e toda a riqueza que a agora senhora possuía. Assim que partiu, ela percorreu toda a residência e achou tudo tão belo que ficou muito satisfeita, até que, por fim, chegou a um porão onde uma velha estava sentada, limpando tripas:

— Ei, mãezinha, o que fazes aqui?

— Limpo tripas, minha filha, e amanhã limparei as tuas!

De tanto medo, ela deixou as chaves caírem da mão bem em uma bacia cheia de sangue que não conseguia mais limpar.

— Agora tua morte é coisa certa — disse a velha —, já que meu senhor pode ver que estivestes nesta câmara que, exceto por ele e por mim, pessoa alguma pode entrar.

(Saibam que foi dessa forma que as duas irmãs mais velhas dela perderam suas vidas.)

Naquele mesmo instante, uma carroça com feno iria embora do castelo, e a velha disse que só havia um meio de a moça preservar a vida: deveria se esconder sob o feno e ir

embora com a carroça. E foi o que ela fez. Quando o senhor voltou, perguntou onde *mademoiselle* estava:

— Oh — exclamou a velha —, como eu não tinha mais trabalho a fazer e a vez dela já seria amanhã, já a abati hoje mesmo, e aqui está um cacho de cabelo dela. O coração, bem como o sangue ainda quente e todo o resto, os cães comeram, e eu limpei as tripas.

O senhor então descansou, sabendo que ela estava morta.

Escondida na carroça de feno, a moça foi até um castelo próximo onde o feno seria vendido. Ela saiu de debaixo do feno, contou toda a história e foi convidada a ficar por um tempo. Passado certo período, o senhor desse castelo convidou toda a nobreza das cercanias para uma grande festa. E as feições e trajes de *mademoiselle* estrangeira eram tão diferentes que ela estava irreconhecível, mesmo para o senhor do castelo da matança, que também havia sido convidado.

Estavam todos lá e decidiram que cada um contaria um conto. Quando chegou a vez de *mademoiselle*, ela contou sua história. E então, o assim chamado senhor conde viu seu coração se encher de pavor e quis ir embora à força. Mas o bom senhor daquela casa nobre havia se certificado de que o tribunal capturasse o nobre senhor conde, que o castelo dele fosse demolido e todos os bens dados a *mademoiselle*. Ela deu sua mão ao filho do dono daquela casa que a recebera tão bem, casaram-se e viveram por muitos e longos anos.

IRMÃOS GRIMM
HISTÓRIAS SECRETAS

1812 KHM 81A

O FERREIRO E O DIABO

Der Schmied und der Teufel

Talvez o grande senhor do inferno esteja um pouco arrependido do acordo que fez com esse homem, mas será Deus quem pagará por isso. A história de um Ferreiro que pode ser mais esperto que o próprio Diabo.

ERA UMA VEZ UM FERREIRO QUE APROVEITOU muito a vida, desperdiçou seu dinheiro, foi alvo de muitos processos e, à medida que os anos foram passando, ficou sem um tostão furado no bolso. *Por que devo passar mais tempo de tormento neste mundo?*, pensou, e partiu para a floresta para se enforcar em uma árvore. Quando estava prestes a passar a cabeça pelo laço, um homem apareceu de trás da árvore. Ele tinha uma barba branca e comprida e trazia um enorme livro na mão.

— Escuta, ferreiro — disse ele. — Escreva seu nome nesse livrão e será próspero por dez anos. Só que, depois disso, será meu, e virei aqui para lhe buscar.

— Quem é você? — perguntou o ferreiro.

— Sou o Diabo.

— O que é capaz de fazer?

— Posso ficar tão alto quanto uma árvore ou tão pequeno quanto um rato.

— Faça isso então, para que eu veja — desafiou o ferreiro.

Então o Diabo ficou tão alto quanto uma árvore e tão pequeno quanto um rato.

— Está certo — disse o ferreiro. — Dê-me cá esse livro que eu quero assinar.

Assim que ele assinou, o Diabo explicou:

— Vá para casa; lá vai encontrar caixotes e baús cheios até a tampa. E como não fez muito alarde, vou lhe fazer uma visita qualquer dia desses.

O ferreiro foi para casa e lá estavam todas as bolsas, baús e caixotes repletos de ducados, e ele podia pegar o quanto quisesse que o dinheiro nunca acabava nem diminuía. Assim, retomou a vida de luxúria de antes, convidou seus camaradas para festanças e foi o sujeito mais feliz do mundo.

Alguns anos depois, o Diabo, como havia prometido, voltou para falar com ele. Deu uma olhada nas economias do ferreiro e, ao se despedir, presenteou-lhe com um saco de couro. Quem entrasse no saco de couro não poderia mais sair, a não ser que o próprio ferreiro o tirasse de lá. Ele se divertiu muito com esse saco. Porém, depois de dez anos, o Diabo veio até o ferreiro e falou:

— Chegou a hora, agora você é meu. Apronte-se para a viagem.

— Está certo — respondeu o ferreiro enquanto jogava o saco de couro nas costas e ia embora com o Diabo.

Quando chegaram à floresta, no mesmo local onde queria se enforcar, falou para o Diabo:

— Preciso ter certeza de que é mesmo o Diabo. Fique de novo tão alto como uma árvore e tão pequeno quanto um rato.

O Diabo estava preparado e fez como lhe foi pedido, e, quando estava transformado em um rato, o ferreiro o agarrou e meteu-lhe dentro do saco. Pegou, então, um galho de uma árvore próxima, jogou o saco no chão e encheu o Diabo de pauladas. O Diabo soltava gritos de dar dó, corria para lá e para cá no interior do saco, mas tudo à toa, porque não conseguia sair. Por fim, o ferreiro disse:

— Deixo você sair se me entregar a folha do livrão em que assinei meu nome.

O Diabo não queria, mas acabou entregando a folha e voltando para o Inferno. E se irritou por ter sido traído e, além de tudo, espancado.

O ferreiro também voltou para a sua ferraria e viveu feliz até quando Deus assim o quis, mas, enfim, adoeceu e, ao perceber que estava para morrer, mandou que colocassem dois pregos compridos e pontudos além de um martelo em seu caixão. Assim foi feito.

Depois de morrer, ele foi para a frente da porta do Céu. Bateu e bateu, mas o apóstolo Pedro não quis deixá-lo entrar, porque ele viveu mancomunado com o Diabo. Ao ouvir isso, o ferreiro se virou e partiu para o Inferno.

O Diabo também não quis deixá-lo entrar porque ele faria um espetáculo com tudo o que havia acontecido.

O ferreiro ficou muito bravo e foi para a frente do portão do Inferno e começou a fazer muito barulho. Um diabrete ficou curioso e quis ver o que era aquilo que o ferreiro estava fazendo. Assim, abriu um pouquinho o portão e olhou para fora. O ferreiro agarrou-o pelo nariz e pregou-o com força no portão do Inferno, usando um dos pregos que havia trazido. O diabrete começou a berrar como uma lebre marrom; isso atraiu outro diabrete para o portão trancado, que também colocou a cabeça para fora, mas, como o ferreiro estava alerta, agarrou-o pela orelha e pregou-o ao lado do primeiro.

Então ambos começaram a berrar de forma assustadora até atrair o próprio Diabo velho. Ao ver os dois diabretes pregados com firmeza, ficou tão irritado que chorou e pulou de raiva. Foi para o Céu ver o bom Deus e disse que Ele precisava receber o ferreiro no Céu, senão todos os diabretes teriam seus narizes e orelhas pregados, e ele não seria mais o Senhor do Inferno.

O bom Deus e o apóstolo Pedro queriam se ver livres do Diabo, então tiveram de receber o ferreiro no Céu, onde ele está agora, na santa paz. Como os dois diabretes conseguiram se soltar, eu nem faço ideia.

IRMÃOS GRIMM
HISTÓRIAS SECRETAS

1812 KHM 43A

A INSÓLITA HOSPEDARIA

Die wunderliche Gasterei

Personagens inusitados estão envolvidos em uma dinâmica nada comum. Ao visitar um amigo, a inocente linguiça não tem ideia de que pode estar caindo em uma perigosa armadilha.

ERA UMA VEZ UM CHOURIÇO E UMA LINGUIÇA que eram muito amigos, e o chouriço convidou a linguiça para cear. Na hora de comer, a linguiça chegou bem contente na morada do chouriço. Quando atravessava a soleira, no entanto, ela se deparou com todo tipo de coisa esquisita. Em cada degrau da escadaria havia alguma coisa e sempre algo estranho: lá estavam uma vassoura e uma pá brigando entre si, e no degrau seguinte um macaco com uma enorme ferida na cabeça e mais coisas do tipo.

A linguiça ficou muito consternada e assustada com aquilo, porém, criou coragem e, entrando nos aposentos

do chouriço, foi recebida de maneira muito amigável. A linguiça se pôs, então, a inquirir sobre o que se passava na escadaria, mas o chouriço fazia que não ouvia, ou dava a entender que não valia a pena tocar no assunto, ou ainda dizia alguma frivolidade sobre a pá e a vassoura, logo antes de desviar a conversa:

— Devia ser a minha empregada a fofocar com alguém na escada.

O chouriço saiu, então, dizendo que precisava ver a comida na cozinha, se estava tudo em ordem e se nada havia queimado. Enquanto a linguiça andava para todos os lados do quarto, sempre pensando nas coisas esquisitas que vira, alguém entrou, não se sabe quem, e disse:

— Estou avisando, linguiça, você está em um covil de sangue e matança, vá embora agora se dá valor à vida.

A linguiça não pensou duas vezes, disparou porta afora e correu tudo o que podia até chegar à estrada e se ver longe da casa. Então olhou para a hospedaria e viu pela janela do sótão o chouriço com uma faca muito grande, que parecia ter acabado de afiar. Ameaçador, ele olhou para ela e gritou:

— Quando eu pegá-la, vou comê-la!

IRMÃOS GRIMM
HISTÓRIAS SECRETAS

1840 KHM 175A

O INFORTÚNIO

Das Unglück

Uma vez escolhido pelo Infortúnio, um homem tentará, a todo custo, fugir do seu destino.

QUEM É VISITADO PELO INFORTÚNIO pode se esconder pelos cantos ou fugir para os campos que Ele ainda saberá onde encontrá-lo. Era uma vez um homem que ficou tão pobre que não tinha nem lenha para acender a lareira. Então ele partiu para a floresta na intenção de derrubar uma árvore, mas todas eram muito grandes e fortes. Ele foi se embrenhando cada vez mais na mata até achar uma árvore que fosse capaz de derrubar. Quando estava prestes a erguer o machado, viu uma alcateia de lobos saindo dos arbustos e uivando com agressividade para ele. Ele largou o machado, fugiu e foi dar em uma ponte. Mas as águas profundas desgastaram a ponte e, no momento em que pisou nela, a ponte ruiu e despencou na água. O que fazer, então? Se ficasse e esperasse pelos lobos, seria devorado.

  Em desespero, ele pulou na água, mas, como não sabia nadar, afundou. Alguns pescadores que estavam sentados na margem viram o homem cair na água, nadaram até ele e o trouxeram para a terra firme. Encostaram-no em uma velha muralha para que pudesse se aquecer ao sol e recobrar as forças. Porém, quando despertou de seu desmaio e quis agradecer aos pescadores, a muralha desabou sobre o homem e o matou.

IRMÃOS GRIMM
HISTÓRIAS SECRETAS

* 1843 KHM 191A *

O LADRÃO
E SEUS FILHOS

Der Räuber und seine Söhne

Um ladrão arrependido se torna um homem honesto, mas seus filhos querem se espelhar em seu passado em busca de uma vida confortável. Contudo, talvez eles não sejam tão bons nesse ofício e reste ao pai salvá-los.

Era uma vez um ladrão que morava em uma enorme floresta e que vivia com seus companheiros escondidos em grotões e cavernas rochosas. Quando nobres, senhores e ricos comerciantes passavam por aquelas estradas rurais, ele os emboscava e roubava todo o dinheiro e bens dos viajantes. Com o passar dos anos, começou a desgostar de seu ofício e se arrepender de todo o mal que fizera.

Assim, começou a levar uma vida melhor, como um homem honesto, fazendo o bem sempre que podia. As pessoas se maravilharam com sua conversão e ficaram muito felizes. Ele tinha três filhos. Quando já adultos, chamou-os e perguntou:

— Filhos queridos, digam-me qual ofício escolheram, para que possam se sustentar de forma honesta?

Os filhos conversaram entre si e lhe deram a seguinte resposta:

— Filho de peixe, peixinho é. Queremos nos sustentar como vós vos sustentastes. Queremos ser ladrões. Um ofício em que se trabalha da manhã até à noite, e ainda assim ganha-se pouco e vive-se uma vida de privações, não nos apraz.

— Ai, filhos queridos — respondeu o pai. — Por que não optam por uma vida tranquila mesmo com menos abundância? A honestidade perdura por mais tempo. O roubo é coisa maléfica e ímpia, que leva a um fim terrível: a riqueza que acumulas não traz felicidade. Sei o quanto foi penoso para mim. O resultado é sempre ruim. Água mole em pedra dura, tanto bate até que fura. Uma hora vos pegam e terminais pendendo de uma forca.

Os filhos, contudo, não lhe deram ouvidos e mantiveram a decisão.

Os três jovens pretendiam, então, colocar-se à prova. Sabiam que o rei possuía um belo cavalo em seu estábulo que era de grande valor e pretendiam, portanto, roubá-lo. Sabiam também que o cavalo não comia nada além de uma grama exuberante que crescia apenas na região de uma floresta úmida. Foram lá e cortaram a grama, juntando uma porção, na qual os irmãos mais velhos ocultaram o caçula sem que ninguém pudesse perceber, e levaram o monte de grama para o mercado.

O mestre cavalariço do rei foi até o mercado e comprou a grama, depois ordenou que a levassem até o cavalo, no chão do estábulo. Quando deu meia-noite e estavam todos a dormir, o caçula saiu do monte de grama, laçou o cavalo, amarrou-lhe uma rédea dourada e uma sela com bordados de fios de ouro e encheu de cera os sinos que porventura encontrou por ali, para que não soassem.

Daí, abriu as portas da fortaleza e disparou com o cavalo em direção ao local combinado com os irmãos. Porém, os guardas notaram o roubo, seguiram-no e, quando viram que se encontrara com os irmãos, prenderam e levaram todos para a cadeia. Na manhã seguinte, foram conduzidos à presença da rainha, que, ao ver que eram três belos jovens, inquiriu-os sobre suas origens e descobriu que eram filhos daquele velho ladrão que havia mudado seu estilo de vida e se tornado um súdito decente.

Ordenou, então, que voltassem para a cadeia e que fosse perguntado ao pai se deveriam ser libertados. O velho veio e declarou:

— Meus filhos não valem um centavo sequer.

Então a rainha lhe disse:

— Foste um ladrão conhecido e de péssima reputação. Conte-me a mais notável aventura de tua vida de ladrão e devolver-te-ei teus filhos.

Ao ouvir isso, o velho respondeu:

— Senhora rainha, ouça meu discurso. Quero contar sobre um evento que me apavorou mais do que o fogo ou a água. Descobri que, em uma selva cercada por duas montanhas, em um desfiladeiro a mais de trinta quilômetros de qualquer povoado, vivia um gigante que possuía um enorme tesouro, muitos milhares de peças de prata e de

ouro. Selecionei alguns de meus companheiros, por volta de uma centena, e fomos para lá. Foi um caminho longo e árduo, escalando rochedos e atravessando abismos. Quando chegamos, não encontramos o gigante em casa, o que nos alegrou muito, e pegamos o quanto podíamos carregar de ouro e de prata. Quando estávamos prestes a voltar para casa e acreditávamos estar a salvo, o gigante retornou com outros dez de sua espécie e nos fizeram prisioneiros. Eles nos dividiram entre si, e cada um recebeu dez de nós. Eu e mais nove companheiros caímos nas mãos do gigante de quem roubamos o tesouro. Ele atou nossas mãos atrás das costas e nos conduziu para sua caverna como se fôssemos um rebanho de ovelhas. Estávamos dispostos a renunciar ao nosso dinheiro e posses para nos libertar, mas então ele disse: "Não necessito de vossos tesouros. Vou ficar convosco e devorar vossas carnes. Prefiro deste modo". Então cheirou todos nós, escolheu um e disse: "Este é o mais gordo. É por ele que pretendo começar". Então cortou nosso companheiro em pedacinhos de carne, jogou tudo em um caldeirão, colocou no fogo e, depois que a água ferveu, devorou tudo. Assim, a cada dia, ele comia um de nós. Como eu era o mais magro, fiquei por último. Quando meus nove companheiros já haviam sido devorados e chegou minha vez, me ocorreu um ardil: "Vejo que tens maus olhos", disse a ele, "e que sofres de dores nas faces; sou médico e tenho muita experiência em minha arte, curarei teus olhos se me poupares a vida". Então, ele garantiu minha vida se eu o curasse. Deu-me tudo o que pedi. Coloquei óleo em um caldeirão, misturei com enxofre, piche, sal e arsênico e outras coisas inflamáveis e levei o caldeirão ao fogo, como se fosse lhe preparar um emplastro para os olhos. Assim

que o óleo começou a ferver, o gigante precisou ir dormir e derramei todo o conteúdo do caldeirão sobre os olhos, o pescoço e o corpo dele, o que fez derreter todo o rosto e queimar e enrugar a pele do corpo inteiro. Ele pulou com um uivo assustador, jogou-se no chão e rolou para a frente e para trás, gritando e rugindo como um leão ou um boi. Então, deu um salto de raiva, apanhou um porrete enorme e saiu correndo pela casa, espancando o chão e as paredes na esperança de me acertar. A casa era cercada por muros altos e os portões estavam trancados com barras de ferro, então eu não conseguia escapar. Pulei de um canto para o outro até que fiquei sem saber o que fazer, subi até o telhado por uma escada e me pendurei nas vigas com as duas mãos. Fiquei lá durante um dia e uma noite e, quando já não aguentava mais, desci e me misturei com as ovelhas. Tinha que me manter alerta e andar sempre entre as pernas dos animais para que ele não me notasse. Por fim, encontrei em um canto, entre as ovelhas, o couro de um carneiro. Meti-me dentro dele e consegui manter os chifres do bicho retos na cabeça. O gigante tinha o costume de deixar as ovelhas passarem entre suas pernas quando saíam para pastar. Então as contava e agarrava a mais gorda para preparar sua refeição. Pretendi aproveitar essa ocasião para fugir, passando por debaixo das pernas dele, porém, quando ele me agarrou, notou que eu estava pesado e disse: "Estás bem nutrido, hoje enches minha pança". Fiz um movimento e escapei das mãos dele, mas ele conseguiu me agarrar de novo. Mais uma vez, escapei, e mais uma vez, ele me capturou. Isso se deu sete vezes. Então o gigante se irritou e disse: "Some daqui! Que os lobos te devorem, já me engabelaste o suficiente". Depois que saí, me desfiz da

pele de carneiro e gritei com alegria, zombando dele por ter me deixado escapar. Ele tirou do dedo um anel de ouro e disse: "Toma este anel como presente, tu mereceste". Ao que parece, não é muito apropriado deixar um homem tão astuto e engenhoso ir embora de mãos abanando. Peguei o anel e coloquei no dedo, mas não sabia que ele estava enfeitiçado. A partir do momento que o coloquei no dedo, comecei a berrar de maneira incontrolável, não importava se era essa a minha vontade ou não: "Estou aqui! Estou aqui!". Assim, o gigante conseguia saber minha localização e me perseguiu floresta adentro. Ele correu atrás de mim, mas, como estava cego, trombava a todo momento em um galho ou tronco e caía como se fosse uma árvore descomunal. Porém, ele se aprumava depressa e, com suas pernas compridas e passadas longas, sempre voltava a me alcançar e já estava quase me pegando, uma vez que eu gritava sem parar: "Estou aqui! Estou aqui!". Percebi que o anel era a razão dos meus gritos, mas não consegui removê-lo. Isso não me deixava alternativa a não ser decepar meu dedo com os dentes. Assim que o fiz, parei de gritar e, para minha felicidade, consegui escapar do gigante. Apesar de ter perdido o dedo, consegui manter minha vida.

O velho ladrão prosseguiu:

— Senhora rainha, contei esta história para libertar um de meus filhos. Agora, pela liberdade do segundo, gostaria de contar o que ocorreu em seguida. Depois de escapar das mãos do gigante, vaguei pela floresta inteira sem saber que direção tomar. Subi nos pinheiros mais altos e escalei até o topo das montanhas, mas, para onde quer que eu olhasse, não importava a distância, nem sinal de casa, de campo ou de presença humana. Nada além de um ermo terrível. Desci de montanhas que tocavam o céu até vales comparáveis aos abismos mais profundos. Deparei-me com leões, ursos, búfalos, burros selvagens, cobras venenosas e vermes horrendos. Vi homens selvagens e peludos, pessoas com chifres e pessoas com bicos, gente tão horrível que estremeço só de pensar. Continuei avançando. A fome e a sede me atormentavam, e precisava cuidar para não desmaiar de cansaço a cada instante. Por fim, quando o sol estava prestes a se pôr, alcancei uma montanha muito alta e vi fumaça subindo de um vale desolado, como se saísse de um forno aceso. Desci da montanha o mais rápido que pude e fui em direção à fumaça. Ao chegar lá embaixo, vi três cadáveres pendendo enforcados dos galhos de uma árvore. Tremi, com medo de entrar nos domínios de outro gigante, e voltei a temer pela minha vida. Mas criei coragem e fui adiante, então encontrei uma casa cujas portas estavam abertas. Perto do fogo da lareira, encontrava-se uma mulher, sentada com o filho. Entrei e a cumprimentei. Perguntei, então, porque estava ali sozinha e onde se encontrava o marido dela. Perguntei ainda se aquele lugar ficava muito longe de alguma terra povoada. Disse-me, então, com olhos chorosos, que a terra povoada ficava muito longe e que, na noite anterior, monstros selvagens haviam raptado ela e seu filho e os trouxeram para aquele ermo, longe do marido dela. Saíram de novo pela manhã, planejando matar e cozinhar o menino para ter o que comer quando voltassem. Ao ouvir isso, senti pena da mãe e do menino, e decidi acabar com o sofrimento dela. Corri de volta à árvore de onde pendiam os três ladrões, agarrei o do meio, que era mais robusto, e carreguei-o para dentro da casa. Piquei o homem em pedaços e expliquei à mulher que ela deveria dá-lo de comer ao maior dos monstros. Peguei a criança e a escondi no oco de uma árvore e me esgueirei nos fundos da casa, para descobrir por onde os monstros selvagens chegavam e me apressar para socorrer a mulher em caso de necessidade. Com o sol quase se pondo, vi aquelas aberrações descendo a montanha. Eram horrendos e apavorantes de se ver, tinham forma semelhante à de macacos. Arrastavam um cadáver, mas não era possível identificar quem seria. Chegando em casa, acenderam um grande fogo, rasgaram o cadáver ensanguentado com os dentes e o devoraram. Depois, pegaram o caldeirão em que o corpo do ladrão fora cozido e repartiram os pedaços entre si para jantar. Assim que terminaram, o maior, que parecia estar no comando, perguntou à mulher se o que tinham comido era a carne do filho dela. A mulher respondeu que sim. Então o monstro falou: "Acho que escondeste teu filho de nós e cozinhaste um dos ladrões que pendia do galho". Ele enviou três de seus companheiros até a árvore para que trouxessem um pedaço de carne de cada um dos três ladrões, como confirmação de que os corpos ainda estavam lá. Ao ouvir isso, corri e subi na árvore com minhas mãos e me coloquei entre os dois ladrões, na corda onde o terceiro estava pendurado. Os monstros então chegaram e cortaram um pedaço do lombo de cada homem. De mim também cortaram um pedaço, mas suportei tudo sem fazer barulho. Ainda tenho como testemunha a cicatriz em meu corpo.

Nesse ponto, o ladrão se calou por um momento, falando em seguida:

— Senhora rainha. Contei essa aventura para libertar meu segundo filho. Agora, contarei a conclusão da história pelo bem do terceiro. Quando os selvagens foram embora com os três pedaços de carne, desci da árvore e tentei enfaixar minhas feridas o melhor que pude usando trapos da camisa. Mas não consegui conter o sangue. Não dei atenção a isso, porém. Só pensava em como salvaria a mulher e a criança, como havia prometido. Voltei com pressa para a casa e me escondi para ouvir o que acontecia, mas só com muito esforço consegui me manter de pé. As feridas doíam, e eu já não aguentava mais de tanta fome e sede. Enquanto isso, o monstro gigante provou dos três pedaços de carne que lhe trouxeram, e ao degustar aquele que fora cortado de mim, viu que ainda estava sangrento e disse: "Vão e me tragam o ladrão do meio, a carne ainda está fresca e é de meu agrado". Ao ouvir isso, voltei correndo para a forca e me pendurei entre os dois mortos. Logo depois, vieram os monstros, desceram-me da forca e me arrastaram por espinhaços e arbustos até a casa, onde me estenderam no chão. Afiaram seus dentes e suas facas em cima de mim, prontos para me despedaçar e comer. Já estavam prestes a me devorar quando veio uma tempestade com trovões, raios e ventania tão fortes que os monstros se assustaram e saíram, em meio a gritos pavorosos, pelas janelas, portas e telhado, largando-me estirado no chão. Depois de três horas, começou a amanhecer e o sol a brilhar. Parti com a mulher e o menino, e vagamos naquele ermo por quarenta dias sem outro alimento a não ser raízes, bagas e ervas que cresciam na floresta. Por fim, viemos dar onde existiam pessoas e devolvi ao homem a mulher e o filho dele. Todos podem imaginar o tamanho da felicidade deles.

 Assim terminou a história do ladrão.

 — Ao libertar a mulher e a criança, compensaste muito mal com o bem. Vou libertar teus três filhos.

IRMÃOS GRIMM
HISTÓRIAS SECRETAS

* 1815 KHM 129A *

O LEÃO E O SAPO

Der Löwe und der Frosch

O amor de uma irmã a fará seguir um leão por locais inimagináveis à procura do irmão perdido. Sua amizade inesperada com um sapo falante pode ser a chave para esse resgate.

HAVIA UM REI E UMA RAINHA QUE TINHAM um filho e uma filha que se amavam com todo o coração. O príncipe saía sempre para caçar e, às vezes, ficava um bom tempo na floresta, só que uma vez ele não voltou para casa. Por causa disso, a irmã dele chorou quase até ficar cega; até que um dia, quando já não aguentava mais esperar, partiu para a floresta para procurar pelo irmão.

Depois de percorrer um longo caminho, não conseguia mais prosseguir devido ao cansaço e, ao olhar a seu redor, viu um leão parado perto dela, que parecia muito dócil e bondoso. Então montou nas costas dele, e o leão carregou-a para longe enquanto a abanava com a cauda para refrescar o rosto dela. Quando já haviam percorrido um longo trecho, chegaram a uma gruta. O leão levou-a para dentro, mas ela não sentiu medo, porque o leão era muito dócil. Assim, seguiram pela gruta, que ficava cada vez menos iluminada até estar escura como breu. Mas, passado um tempo, voltaram à luz do dia e chegaram a um jardim maravilhoso. Tudo lá era vistoso e brilhava ao sol; além disso, bem no centro, havia um palácio majestoso. Ao chegarem ao portão do palácio, o leão se deteve, e a princesa desmontou de seu dorso. Então, o leão começou a falar e disse:

— Nesta bela casa deves morar e me servir. Se atenderes a tudo que eu exigir, verás teu irmão de novo.

Assim, a princesa serviu ao leão e o obedecia até nas pequenas coisas. Certa vez, ela foi passear no jardim, porque lá era tudo tão belo, e ela se sentia muito triste por estar sozinha e abandonada no mundo. Ao andar para lá e para cá, deu-se conta de um lago com uma pequena ilha em seu centro e, bem no meio dessa pequena ilha, havia uma tenda. Ela viu que, sob a tenda, havia um sapo de árvore, verde como a grama, que usava uma pétala de rosa na cabeça no lugar de um capuz. O sapo saudou a princesa e falou:

— Por que estás tão tristonha?

— Ai — respondeu ela —, por que haveria de não estar? — E narrou todas as lamúrias dela.

Então o sapo falou com toda a amabilidade:

— Se necessitas de algo, vem até mim, na mesma hora te estenderei uma mão amiga.

— O que posso dar-te em sinal de gratidão?

— Não tens que me dar nada — respondeu o sapo falastrão. — Apenas me traz todos os dias uma viçosa pétala de rosa para meu capuz.

E lá foi a princesa de volta ao palácio, sentindo-se um pouco mais feliz, e toda vez que o leão lhe pedia alguma coisa, ela se dirigia ao lago. O sapo, então, pulava para lá e para cá e logo voltava trazendo o que ela precisasse. Passados alguns dias, o leão disse:

— Esta noite quero jantar uma torta de mosquitos, mas ela deve ser muito bem-feita.

A princesa se perguntou como faria aquela torta. Parecia impossível. Então ela saiu e explicou tudo para o sapo. Contudo, o sapo lhe disse:

— Não te preocupes. Prepararei uma torta de mosquito já, já.

Depois disso, ele se sentou e, abrindo a boca para a direita e para a esquerda, começou a capturar todos os mosquitos necessários para a torta. Aí, saltou de um lado para o outro, juntou lenha e acendeu um fogo. Assim que o fogo começou a arder, ele sovou a massa da torta e ajeitou as brasas, e não demorou nem duas horas e a torta já estava pronta e tão boa quanto qualquer um poderia desejar. Então ele falou para a donzela:

— Terás a torta apenas se me prometer que, assim que o leão estiver a dormir, cortarás a cabeça dele com uma espada que jaz escondida atrás de seu leito.

— Não — respondeu ela. — Isso eu não farei! O leão sempre foi bondoso comigo.

O sapo, então, falou:

— Se assim não fizeres, nunca mais verás teu irmão, e o leão não irá se ferir com isso.

Assim, ela reuniu toda a coragem que tinha, pegou a torta e levou para o leão.

— Parece muito boa — disse ele, cheirando a torta, e pôs-se a mastigar até que comeu tudo.

Assim que terminou, sentiu-se cansado e quis tirar uma soneca; dessa forma, falou para a princesa:

— Vem e senta-te a meu lado, e afaga atrás de minhas orelhas até que eu adormeça.

Ela se sentou ao lado dele e afagou-o com a mão esquerda enquanto buscava a espada que estava atrás da cama usando a mão direita. Assim que ele dormiu, ela sacou a espada, fechou os olhos com força e, com um único golpe, decapitou o leão. Quando abriu os olhos, o leão havia desaparecido e seu amado irmão estava a seu lado. Ele a beijou com carinho e disse:

— Tu me libertaste, pois eu era o leão e estava condenado a sê-lo até que a mão de uma dama cortasse minha cabeça por amor.

Saíram de braços dados para o jardim para agradecer ao sapo. Mas, assim que chegaram, viram o sapo saltando para todos os lados, juntando gravetos para acender uma fogueira. Quando ela já ardia forte, ele saltou para dentro dela e queimou por um momento. O fogo então se apagou, e surgiu dali uma linda moça, que também havia sido amaldiçoada e que não era outra senão o amor da vida do príncipe. Partiram juntos para casa a fim de ver o velho rei e a velha rainha, e celebraram um casamento tão grandioso que quem esteve na festança não voltou para casa de barriga vazia.

106

IRMÃOS GRIMM
HISTÓRIAS SECRETAS

1812 KHM 70A

O OKERLO

Der Okerlo

Uma rainha entrega sua filha ao mar, para afundar pelas ondas, mas não sabe o que o destino preparava para a garotinha. Um reencontro pode acontecer, mas não sem antes que a princesa tenha que passar por muitas provas.

UMA RAINHA ACOMODOU A FILHA EM UM berço dourado e entregou-a ao mar, deixando que as ondas a levassem. Porém, ela não afundou, chegando a uma ilha onde viviam muitos canibais. O berço foi dar justo em uma margem onde estava uma canibal que, ao ver a criança, aquela linda menininha, decidiu que a criaria para casá-la com seu filho quando a menina se tornasse uma mulher. Mas, para isso, ela precisaria cuidar para esconder a criança muito bem de seu marido, o velho Okerlo, que, se a descobrisse, devoraria a menina toda, com a pele e os ossos.

Quando a menininha se tornou uma moça, já estava na hora de se casar com o jovem Okerlo, mas ela não o

suportava e passava os dias a chorar. Certo dia, quando estava sentada na praia, chegou nadando um jovem e belo príncipe, que se apaixonou por ela tanto quanto ela se apaixonou por ele, e, então, os dois trocaram votos. Por causa disso, a velha canibal ficou muito irada e violenta, já que o príncipe tomara a noiva de seu filho. Ela capturou o príncipe na mesma hora e disse:

— Parado! Vamos cozinhar você no dia do casamento do meu filho!

O jovem príncipe, a garota e os três filhos de Okerlo dormiam juntos em um quarto, e, quando a noite chegou, o velho Okerlo foi tomado pela vontade de comer carne humana. Então, ele disse:

— Mulher, não quero esperar até o casamento. Dê-me o príncipe agora mesmo!

Entretanto, a garota ouviu tudo através da parede, levantou-se e, com pressa, pegou a coroa dourada que um dos filhos de Okerlo sempre trazia na cabeça e colocou-a na cabeça do príncipe. A velha canibal entrou, e como estava muito escuro, foi tateando as cabeças e levou o dono da que estava sem coroa para o marido, que o devorou em um instante. Enquanto isso, a garota, morrendo de medo, pensou: *quando o dia chegar, descobrirão tudo e acabarão com a gente*. Então, ela se levantou às ocultas, calçou uma bota sete-léguas, uma varinha de radiestesia e um bolo com um feijão que tinha as respostas para todas as perguntas.

Então, fugiu com o príncipe. Calçada com botas sete-léguas, percorria um quilômetro e meio a cada passo. De vez em quando, perguntava ao feijão:

— Feijão, está aí?

— Estou — respondia o feijão —, mas trate de se apressar, porque a velha canibal está vindo com as outras botas sete-léguas que ficaram na casa.

A garota, então, pegou a varinha e se transformou em um cisne, e o príncipe em um lago, onde o cisne nadava. A canibal veio e tentou atrair o cisne, mas não conseguiu e foi embora, taciturna. A garota e o príncipe seguiram seu caminho.

— Feijão, está aí?

— Estou — respondeu o feijão —, mas a velha logo volta. O canibal explicou como ela se deixou enganar.

Então a garota tomou a varinha e transformou a si e ao príncipe em uma nuvem de poeira que a velha Okerlo era incapaz de atravessar, e assim ela voltou para casa com as mãos abanando, e os dois seguiram seu caminho.

— Feijão, está aí?

— Sim, estou, mas vejo que a senhora Okerlo está a caminho mais uma vez, e a passos largos.

Pela terceira vez, a garota pegou a varinha de radiestesia e transformou-se em uma roseira, e o príncipe, em uma abelha. A velha canibal chegou, não os reconheceu transformados e foi embora.

Só que, depois disso, os dois não podiam voltar à forma humana, já que, com medo, a garota deixou a varinha mágica cair da última vez que se transformaram. Porém, eles tinham ido tão longe que a roseira estava plantada em um jardim que pertencia à mãe da garota. A abelha se sentava sobre a roseira e, quando alguém pretendia colher uma rosa, picava a pessoa com seu ferrão. Certa vez, aconteceu de a rainha em pessoa visitar o jardim e, ao ver aquelas flores lindas, ficou maravilhada e quis colher uma.

Porém, a abelhinha veio e picou-a tão forte na mão que ela deixou a flor em paz, mesmo já tendo cortado um pedaço dela. Foi então que ela viu que do caule escorria sangue e chamou uma fada para retirar o encanto da flor. Assim, a rainha reconheceu a filha e seu coração ficou alegre e satisfeito. Celebraram um casamento grande de verdade, e muitos convidados vieram em trajes magníficos. Mil luzes foram acesas no salão e todos brincaram e dançaram até o raiar do sol.

[...]

— Você também foi ao casamento?

— Sim. Minha tiara era de manteiga, mas eu fui para o sol, e ela derreteu em cima de mim. Meu vestido era de teia de aranha, mas caí sobre espinhos, e ele se rasgou. Minhas sapatilhas eram de vidro, mas tropecei em uma pedra, e elas se espatifaram.

IRMÃOS GRIMM
HISTÓRIAS SECRETAS

1815 KHM 119A

O PREGUIÇOSO E O DILIGENTE

Der Faule und der Fleißige

Dois artesãos caminham juntos, mas possuem personalidades diferentes. Quando o caminho deles cruza com um par de corvos, uma lição será aprendida e mudará a vida de um deles para sempre.

ERA UMA VEZ DOIS ARTESÃOS QUE VIAJAVAM juntos e juraram que nunca iriam se separar. Contudo, ao chegar a uma cidade grande, um deles se revelou um libertino, esqueceu-se de sua palavra, abandonou o outro e foi embora sozinho, vagando para lá e para cá, rumando para onde as coisas fossem mais de seu agrado. O outro foi persistente, trabalhou com diligência e só então voltou a viajar. Foi aí que, certa noite, ele passou sem se dar conta pela forca e viu um homem deitado no chão, andrajoso e maltrapilho; e, como era uma noite clara, ele reconheceu seu antigo companheiro. Assim, deitou-se ao lado dele, cobriu-o com sua manta e dormiu em sua companhia. Não demorou muito e foi despertado por duas vozes que dialogavam entre si. Eram dois corvos, que pousaram sobre a forca. O primeiro falou:

— Deus provê!

E o outro:

— A quem trabalha!

E depois de suas palavras, o primeiro corvo caiu no chão. O outro permaneceu ao seu lado até o fim do dia, depois apanhou algumas minhocas e um pouco de água, alimentou e refrescou seu companheiro e o trouxe de volta à vida. Assistindo a tudo isso, os artesãos se maravilharam e perguntaram a um dos corvos por que o outro estava tão fraco e doente. O que estava doente então falou:

— Porque eu nunca quis fazer nada e acreditava que o pão cairia dos céus.

Os artesãos levaram os corvos consigo para a localidade mais próxima. Um deles se mostrava bem-disposto e buscava seu alimento, banhava-se todas as manhãs e se limpava com o bico. O outro, entretanto, vivia acabrunhado pelos cantos, ensimesmado e parecia estar sempre desgrenhado. Depois de um tempo, a filha do senhorio, que era uma bela moça, tomou gosto pelo corvo diligente. Apanhou ele do chão, acariciou-o com a mão e, por fim, apertou-o contra o rosto e beijou-o com carinho. A ave caiu sobre a terra, contorcendo-se e tremendo, e por fim se transformou em um belo jovem. Esse jovem explicou que ele e o outro corvo eram irmãos que destrataram o pai deles e que, por isso, foram amaldiçoados por ele, que lhes dissera:

— Voem para longe daqui como corvos até que uma bela moça queira beijá-los.

Assim, um deles foi liberto da maldição, mas ninguém quis beijar o outro, que morreu como um corvo.

Com isso, o libertino aprendeu uma lição, tornou-se diligente e ordeiro, e permaneceu ao lado de seu companheiro.

IRMÃOS GRIMM
HISTÓRIAS SECRETAS

KHM 136A

O SELVAGEM

Der wilde Mann

Caçadores são convocados para prender um selvagem enfeitiçado que está destruindo todas as plantações. Contudo, um inocente garoto o liberta sem querer, sem saber que poderá estar mudando não só seu destino, mas o de toda uma nação.

ERA UMA VEZ UM SELVAGEM QUE ESTAVA ENfeitiçado e, por isso, ia até as hortas e campos de trigo dos camponeses e destruía tudo. Os camponeses reclamaram com seu suserano, dizendo que não tinham mais como pagar a corveia. Então o suserano convocou todos os caçadores e anunciou que aquele que capturasse a fera selvagem receberia uma grande recompensa.

Nisso, um velho caçador veio até o rei e disse que mataria a fera. Ele pegou uma garrafa de aguardente, uma de vinho e uma de cerveja e arrumou tudo às margens de um rio que a fera frequentava todos os dias. Após fazer isso, o caçador se escondeu atrás de uma árvore. Logo, a fera veio e bebeu de todas as garrafas, lambeu os lábios e olhou ao redor para se assegurar de que tudo estava bem. Embriagada, deitou-se e caiu no sono. O caçador foi até ela e atou as mãos e os pés da fera selvagem. Então, ele acordou o selvagem e disse:

— Ei, você, selvagem, venha comigo e lhe darei de beber todos os dias.

O caçador levou o selvagem para o castelo real, onde trancaram a fera em uma jaula. O suserano, então, visitou outros nobres e convidou-os para ver a fera que havia capturado. Enquanto isso, um de seus filhos brincava de bola e deixou que o brinquedo caísse dentro da jaula.

— Selvagem — disse o menino —, jogue a bola para mim.

— Você tem que pegar a bola sozinho — retrucou o selvagem.

— Tudo bem — disse o menino —, mas não tenho a chave da jaula.

— Tente pegar na bolsa de sua mamãe.

O menino roubou a chave, abriu a jaula e o selvagem fugiu correndo.

— Oh, selvagem! — começou a gritar o menino. — Fique aqui, senão vão me dar uma surra!

O selvagem pôs o menino nas costas e foi com ele para a floresta. Assim, o selvagem estava desaparecido e o menino, perdido.

A fera vestiu o menino com uma bata esgarçada e enviou-o até o jardineiro da corte imperial, e o menino perguntou ao jardineiro se ele precisava de um ajudante. O jardineiro respondeu que sim, mas o garoto era tão fedido e caraquento que os outros não queriam dormir perto dele.

O menino retrucou, dizendo que dormiria sobre a palha. Então, todos os dias, de manhã bem cedo, ele ia para o jardim, e o selvagem veio até ele e disse:

— A partir de agora, tome um banho e escove o cabelo.

E o selvagem deixou o jardim tão bonito que nem mesmo o jardineiro faria melhor. A princesa via aquele menino bonito todas as manhãs e disse ao jardineiro para ordenar a seu pequeno aprendiz que lhe trouxesse um buquê de flores. Quando o menino chegou, ela perguntou sobre a casa e a família dele, e a resposta foi que não os conhecia. Então, ela deu-lhe um frango assado recheado de ducados. Quando ele voltou até o jardineiro-mestre, deu-lhe o dinheiro e disse:

— O que eu faria com isso? Pode ficar.

Mais tarde, ordenaram que ele levasse à princesa mais um buquê de flores, e ela deu-lhe um pato recheado de ducados, que ele também entregou para o mestre. Em uma terceira ocasião, ela deu-lhe um ganso recheado de ducados, que o jovem mais uma vez entregou ao mestre. Assim, a princesa acreditava que ele tinha dinheiro, mas ele não tinha nada. Casaram-se em segredo, e os pais dela ficaram tão bravos que a obrigaram a trabalhar em uma destilaria, e ela também precisava se sustentar como fiandeira. O jovem ia até a cozinha e ajudava o cozinheiro a preparar o assado e, de vez em quando, roubava um pedaço de carne e trazia para a esposa.

Logo, estourou uma guerra colossal na Inglaterra, e o imperador e todos os grandes senhores precisaram viajar para lá. O jovem disse que também queria ir e perguntou se havia no estábulo um cavalo para ele. Disseram-lhe que havia um que corria com três patas, o que para ele estava

de bom tamanho. Então ele montou no cavalo, e o animal se pôs a trotar, *pocotó-pocotó*. Então o selvagem se aproximou dele, abriu uma enorme montanha onde havia três regimentos com mil soldados e oficiais. O jovem recebeu algumas roupas finas e um cavalo magnífico. E assim partiu para guerrear na Inglaterra junto de todos seus homens. O imperador o saudou de maneira amigável e pediu-lhe apoio na guerra. O jovem derrotou todo mundo e venceu a batalha, e por isso o imperador lhe agradeceu e perguntou de que terras ele era o senhor.

— Não me pergunte isso — respondeu ele. — Não posso contar.

Então ele foi embora da Inglaterra cavalgando com seu exército. O selvagem se aproximou dele mais uma vez e guardou todos os homens de volta na montanha. O jovem montou em seu cavalinho de três pernas e voltou para casa.

— Lá vem nosso bexiguento de volta com seu cavalo de três pernas! — gritavam e perguntavam as pessoas. — Estava tirando um cochilo atrás da cerca?

— Bom — respondeu ele —, se eu não tivesse ido para a Inglaterra, as coisas não teriam corrido muito bem para o imperador!

— Moleque — diziam eles —, calado, ou seu mestre vai lhe mostrar o que é bom para a tosse!

Na segunda vez, tudo aconteceu como na primeira. Porém, na terceira, o jovem venceu a batalha, mas foi ferido no braço. O imperador pegou seu lenço e enfaixou a ferida e tentou manter o garoto a seu lado.

— Não, não vou ficar aqui. Quem eu sou não é problema seu.

Uma vez mais, o selvagem se aproximou do jovem e guardou todos os homens na montanha. E, mais uma vez, o jovem montou em seu cavalo de três pernas e foi para casa. O povo começou a rir dele e a dizer:

— Lá vem nosso bexiguento de novo. Onde estava cochilando desta vez?

— Na verdade, eu não estava dormindo — respondeu ele. — A Inglaterra foi derrotada por completo e enfim temos paz.

Então o imperador falou sobre o belo cavaleiro que tinha lhe oferecido apoio, e o jovem disse ao imperador:

— Se eu não estivesse a seu lado, as coisas não teriam corrido tão bem.

O imperador quis dar-lhe uma surra, mas o jovem retrucou:

— Pare! Se não acredita em mim, deixe-me mostrar meu braço.

O jovem mostrou o braço e o imperador viu a ferida, ficou maravilhado e disse:

— Talvez você seja o próprio Deus ou um anjo que Ele enviou até mim. — E pediu perdão por tratá-lo com tamanha crueldade e deu a ele todo um reino.

Então, o selvagem foi libertado de seu feitiço e se tornou um grande rei que contava sua história. A montanha se transformou em um castelo real, para onde o jovem foi com sua esposa e viveu feliz até o fim de seus dias.

IRMÃOS GRIMM
HISTÓRIAS SECRETAS

✻ 1815 KHM 130A ✻

O SOLDADO E O CARPINTEIRO

Der Soldat und der Schreiner

Dois garotos crescem inseparáveis, porém um deles é corajoso e o outro, medroso. Um se torna soldado e o outro, carpinteiro. Incapazes de viverem longe um do outro, eles pulam de cidade em cidade, até chegarem a um castelo muito misterioso que mudará o destino de ambos.

MORAVAM EM UMA CIDADEZINHA DOIS carpinteiros. As casas deles eram contíguas e cada um tinha um filho. Os meninos estavam sempre juntos, brincando um com o outro, e por isso ganharam os apelidos de Faquinha e Garfinho, porque a faca e o garfo estão sempre juntos na mesa. Quando cresceram, também não queriam se separar, mas um era valente e o outro, muito medroso, então um virou soldado e o outro, carpinteiro.

Quando chegou a hora de o carpinteiro precisar viajar, o soldado não queria deixá-lo e foi junto. Chegaram a uma cidade, onde o carpinteiro trabalharia com um mestre de ofício. O soldado também quis ficar e foi contratado pelo mesmo mestre de ofício como empregado doméstico. Foi uma boa combinação, mas o soldado não tinha a menor vontade de trabalhar, vivia enrolando e não durou muito no serviço, pois foi demitido pelo mestre. Por lealdade, o diligente carpinteiro não quis deixar o amigo ir embora sozinho e disse ao mestre que iria com ele. E assim seguiram; nunca duravam muito nos trabalhos que conseguiam porque o soldado era indolente e acabava demitido, e o outro não queria ficar sem ele.

Certa vez, chegaram a uma cidade grande, e como o soldado não queria levantar um dedo para trabalhar, foi demitido na mesma noite, e os dois precisaram passar a noite ao relento. Então seguiram uma trilha, que foi dar em uma floresta grande e desconhecida. O assustado carpinteiro falou:

— Eu não entro aí. Está cheio de bruxas e fantasmas.

O soldado retrucou:

— Ah, deixa disso! Eu não tenho medo dessas coisas! — E foi em frente.

Como o medroso não queria largar dele, foi junto.

Em pouco tempo, perderam a trilha e vagaram na escuridão entre as árvores, até que enfim viram uma luz. Seguiram a luz e chegaram a um belo castelo, todo iluminado. Do lado de fora, havia um cão preto, e em um lago nas proximidades, viram um cisne vermelho. Quando entraram, porém, não viram ninguém. Então chegaram à cozinha, onde viram um gato cinza ao lado de uma panela sobre o fogão. Parecia que o gato estava cozinhando. Prosseguiram e encontraram vários quartos majestosos, todos vazios, mas em um deles havia uma mesa com comida e bebida disposta de maneira bela e farta. Como estavam com muita fome, sentaram-se e esbaldaram-se com aquelas delícias. Então o soldado falou:

— Quando comemos até nos fartar assim, é preciso tirar um cochilo!

Foram até uma câmara onde se encontravam duas lindas camas. Deitaram-se, porém, quando estavam prestes a dormir, o medroso se deu conta de que ainda não havia feito suas orações, por isso levantou-se e viu na parede um armário. Então ele o destrancou e, lá dentro, havia um crucifixo e dois livros de orações. Na mesma hora, ele acordou o soldado, que teve de se levantar, e ambos se ajoelharam e rezaram. Depois disso, dormiram em paz. Na manhã seguinte, o soldado levou um empurrão tão forte que o fez parar longe:

— Ei, por que me bateu? — gritou para o outro, só que o amigo também havia sido empurrado e replicou:

— Não empurrei ninguém, você é que me empurrou!

O soldado, então, disse:

— É um sinal de que precisamos ir embora.

Quando saíram da câmara, havia um belo café da manhã sobre a mesa, mas o medroso falou:

— Antes de tocarmos nisso, vamos tentar encontrar alguém.

— Sim, também acho melhor fazer isso, porque se foi o gato que cozinhou e serviu tudo isso, perco toda a fome.

Voltaram a percorrer o castelo de cima a baixo, mas não acharam vivalma. Por fim, o soldado falou:

— Devemos também investigar os porões.

Quando já tinham descido toda a escadaria, viram diante do primeiro porão uma velha sentada; conversaram com ela e perguntaram:

— Boa tarde! Foi a senhora quem cozinhou toda aquela comida gostosa para nós?

— Sim, meninos, fui eu. Vocês gostaram?

Prosseguiram e chegaram a um segundo porão. Lá estava sentado um adolescente de uns catorze anos. Eles o saudaram, mas o garoto não respondeu. Por fim, chegaram ao terceiro porão, onde viram uma menina de doze anos que também não respondeu às saudações. Percorreram os demais porões, mas não encontraram mais ninguém. Quando retornaram, a menina tinha se levantado do lugar, e eles perguntaram a ela:

— Não gostaria de subir conosco?

E ela respondeu:

— O cisne rubro ainda está no lago?

— Sim, nós o vimos quando entramos.

— Que pena, então não posso acompanhá-los.

O adolescente também estava de pé e, ao passarem por ele, perguntaram:

— Não gostaria de subir conosco?

Mas ele respondeu:

— O cão preto ainda está no pátio?

— Sim, nós o vimos quando entramos.

— Que pena, então não posso ir com vocês.

Ao chegarem onde se encontrava a velha, viram que ela também havia se levantado:

— Mãezinha — falaram —, não gostaria de subir conosco?

— O gato cinza ainda está na cozinha?

— Sim, está sentado sobre o fogão, ao lado de uma panela, a cozinhar.

— Que pena, pois antes que o cisne rubro, o cão preto e o gato cinza estejam mortos, não podemos deixar o porão.

Os dois companheiros voltaram para a cozinha e pretendiam golpear o gato, mas ele tinha olhos ferozes e parecia muito selvagem. Ainda restava uma pequena câmara onde não haviam entrado. Estava vazia por completo, salvo por uma parede em que estavam pendurados um arco e flecha, uma espada e um par de pinças de ferro. Acima do arco, havia a seguinte inscrição: "para matar o cisne rubro"; acima da espada: "para cortar o pescoço do cão preto" e acima das pinças: "para arrancar a cabeça do gato cinza".

— Ai, a gente deveria ir embora daqui — disse o medroso.

Mas o soldado replicou:

— Não, vamos caçar os animais.

Pegaram as armas da parede e foram para a cozinha. Lá estavam reunidos os três animais, o cisne, o cão e o gato, como se estivessem a tramar iniquidades. Quando o medroso viu aquilo, fugiu em disparada. O soldado tentou encorajá-lo, mas ele disse que queria comer alguma coisa antes de voltar. Assim que comeram, disse:

— Vi armaduras em um dos quartos. Quero vestir uma antes de ir.

No quarto, quis escapar e disse:

— É melhor sairmos por essa janela. Aqueles animais não são problema nosso!

Porém, ao subirem na janela, depararam-se com uma poderosa grade de ferro. Como não podia mais postergar, o carpinteiro foi até as armaduras e tentou vestir uma delas, mas eram todas muito pesadas. Então o soldado falou:

— Ah, vamos do jeito que estamos.

— Sim — respondeu o outro —, mas seria bom se fôssemos três.

Assim que disse tais palavras, uma pomba branca voou do lado de fora, batendo na janela. O soldado abriu a janela e, assim que a pomba entrou, um belo jovem surgiu à frente deles e disse:

— Estarei a seu lado e ajudarei vocês. — E assim pegou o arco.

O medroso, então, disse que ficar com o arco lhe daria uma vantagem, porque ele poderia atirar de longe e fugir para onde quisesse. Com as outras armas, contudo, eles precisariam se aproximar dos animais enfeitiçados. Então, o jovem largou o arco e pegou a espada.

Lá foram os três para a cozinha, onde os animais ainda estavam reunidos. O jovem cortou o pescoço do cão preto, o soldado arrancou a cabeça do gato cinza com as pinças, e o medroso ficou um pouco atrás e matou o cisne rubro a flechadas. E, no mesmo instante em que os três animais caíram mortos no chão, vieram a velha e as duas crianças com grande clamor do porão:

— Vocês mataram nossos melhores amigos, seus traidores!

Tentaram capturar e matar os três homens. Mas eles os suplantaram e mataram-nos com as armas. Assim que estavam mortos, murmúrios portentosos começaram a ser ouvidos em todos os cantos do castelo. O medroso falou:

— Devíamos enterrar os três corpos; eles eram cristãos, apesar de tudo. Vimos o crucifixo.

Carregaram os cadáveres para fora do castelo, abriram três sepulturas e enterraram-nos ali. Enquanto cavavam, os murmúrios no castelo continuaram a aumentar, ficando cada vez mais altos, e, quando terminaram o trabalho, ouviram vozes de verdade vindo de lá e perguntando:

— Onde estão? Onde estão?

E, como o belo jovem não estava mais lá, o soldado e o carpinteiro ficaram com medo e foram embora. Depois de andarem um pouco, o soldado disse:

— Ei, não devíamos fugir, deveríamos voltar e ver o que tem lá.

— De jeito nenhum — respondeu o outro. — Não quero ter nada a ver com aquelas criaturas encantadas, só quero ir para a cidade e ganhar a vida de forma honesta.

Mas o soldado não lhe deu sossego até que ele se convenceu e os dois voltaram. Quando chegaram às portas do castelo, tudo estava cheio de vida. Cavalos saltavam pelo pátio e servos corriam para lá e para cá. Então se apresentaram como dois pobres artesãos implorando por um pouco de comida. Um dos servos falou:

— Sim, podem entrar. Hoje todos serão bem-servidos.

Foram levados para um lindo cômodo, onde serviram-lhes comida e vinho. Então perguntaram-lhes se tinham visto dois jovens saindo do castelo.

— Não — responderam os dois.

Mas, como viram que tinham as mãos sujas de sangue, perguntaram de quem era. O soldado falou:

— Eu cortei o dedo.

Porém, o servo disse que seu senhor viria para vê-los em pessoa. O senhor era o jovem que havia lutado ao lado deles e que, ao vê-los com os próprios olhos, bradou:

— Foram eles que salvaram o castelo!

Então ele os recebeu de maneira amistosa e explicou o que tinha ocorrido.

— Havia uma governanta neste castelo que tinha dois filhos. Ela era, na verdade, uma bruxa, e como pretendia dominar tudo, lançou um feitiço que transformou tudo o que era vivo dentro do castelo em pedra. Ela só não tinha poder sobre três outros servos malvados, que também eram feiticeiros, e só conseguiu transformá-los em animais, que passaram a mandar no castelo. Com medo deles, ela fugiu com os filhos para o porão. Sobre mim, ela também não tinha muito poder, por isso só conseguiu me transformar em uma pomba branca que ficava do lado de fora. Quando vocês chegaram ao castelo, ela queria que matassem os animais, e como recompensa mataria vocês. Mas Deus tinha melhores planos, o castelo está livre e aqueles transformados em pedra voltaram a viver no momento que aquela bruxa pagã e os filhos dela morreram. Os murmúrios que ouviram eram as primeiras palavras ditas pelos libertos.

Depois disso, os dois companheiros foram levados até o senhor do castelo, que tinha duas lindas filhas com quem se casaram e viveram uma vida longa e feliz como cavaleiros.

IRMÃOS GRIMM
HISTÓRIAS SECRETAS

1815 KHM 104A

OS ANIMAIS FIÉIS

Die treuen Tiere

Um homem gasta todo seu dinheiro para libertar três animais, um rato, um macaco e um urso. Sua bondade não será em vão, pois os bichinhos sabem como provar lealdade a ele na hora certa.

ERA UMA VEZ UM HOMEM QUE NÃO TINHA MUIto dinheiro. Com o pouco que tinha, viajava pelo mundo. Então ele chegou a uma vila em que uns meninos estavam pulando, gritando e fazendo escândalo:

— O que deu em vocês, meus jovens? — indagou o homem.

— Ah, é que temos um rato que fazemos dançar para nós. Veja que divertido! Como ele salta!

Mas o homem se compadeceu do pobre animalzinho e disse:

— Meus jovens, deixem o ratinho ir que lhes darei dinheiro.

Então, deu-lhes dinheiro, e eles deixaram o rato ir. O animal, assim que pôde, correu para dentro de um buraco. O homem prosseguiu em suas andanças e foi dar em outra vila, e lá os meninos tinham um macaco que obrigavam a dançar e fazer acrobacias; eles riam disso e não davam sossego ao bicho. Então, o homem também deu-lhes dinheiro para que libertassem o macaco. Depois, o homem chegou a uma terceira vila, em que os meninos tinham um urso que obrigavam a dançar e adoravam quando isso fazia o urso rosnar. O homem também pagou pela liberdade do urso, que ficou tão feliz de poder andar em quatro patas de novo que foi embora trotando.

Contudo, o homem havia dado o pouco de dinheiro que tinha e agora não lhe restava nem um tostão furado no bolso. Então, falou para si mesmo:

— O rei tem muito dinheiro de que não precisa em sua câmara do tesouro. Você não pode morrer de fome. Vá lá e pegue um pouco, e quando ganhar dinheiro, é só devolver.

Assim, conseguiu entrar na câmara do tesouro e pegar um pouco das riquezas de lá. Porém, quando já estava saindo de fininho, foi capturado pelos homens do rei. Chamaram-no de ladrão e levaram-no para o tribunal, onde foi condenado a ser colocado em uma caixa de madeira e lançado na água. A tampa da caixa era cheia de buracos para que o ar entrasse, e em seu interior colocaram um jarro de água e um pedaço de pão.

Quando já estava na água e morrendo de medo, ouviu um som de arranhar na tranca, depois o som de roer e de farejar, e de repente a tranca se rompeu e a tampa foi levantada. Em sua frente, estavam o rato, o macaco e o urso, que o tinham libertado. Uma vez que o homem os havia ajudado, eles também queriam ajudá-lo. Agora não sabiam mais o que poderiam fazer e conversavam entre si, quando surgiu da água uma pedra branca que tinha a forma de um ovo. O urso disse:

— Isso veio na hora certa! É uma pedra milagrosa, quem a segura pode pedir o que quiser.

Então o homem pegou a pedra e com ela na mão desejou um castelo com jardim e estábulos, e mal havia terminado de falar, já estava sentado em seu castelo com jardim e estábulos. E tudo era tão belo e majestoso que ele não tinha como estar mais maravilhado.

Depois de um tempo, alguns comerciantes passaram por ali.

— Vejam! — gritaram eles. — Que castelo adorável aquele. Da última vez que aqui passamos, não havia nada além de areia.

Como eram muito curiosos, entraram e perguntaram ao homem como ele havia conseguido construir tudo aquilo tão rápido. Então ele falou:

— Ah, eu não fiz nada. Foi minha pedra dos milagres.
— Que pedra? — perguntaram.

Então ele pegou a pedra e a mostrou para os comerciantes. Queriam muito possuir aquela pedra e perguntaram se ele não a trocaria por todas aquelas mercadorias bonitas que traziam. As mercadorias encantaram os olhos do homem e, como o coração é bobo, deixou-se enganar e acreditou que aquelas coisas valiam mais do que a pedra milagrosa, e fez a troca. Mal a pedra havia saído de suas mãos, toda a fortuna desapareceu e ele estava de volta na caixa fechada, descendo o rio com um jarro de água e um tanto de pão. Os fiéis animais, o rato, o macaco e o urso,

vendo seu infortúnio, acorreram para tentar ajudá-lo, mas não conseguiram romper a tranca, que era mais forte do que da primeira vez. Então o urso falou:

— Precisamos recuperar a pedra dos milagres ou tudo será em vão.

Como os comerciantes ainda moravam no castelo, os animais foram juntos para lá, e, assim que chegaram, o urso disse:

— Rato, vá lá dentro e olhe pelo buraco da fechadura, daí diga o que temos de fazer. Você é pequeno e ninguém vai notar sua presença.

O rato concordou e entrou, mas logo estava de volta, dizendo:

— Não há o que fazer. Olhei lá dentro, a pedra está pendurada por um lacinho vermelho sob o espelho. Mas embaixo há alguns gatos enormes com olhar feroz a vigiar.

Os outros, então, disseram:

— Entre lá mais uma vez e espere até que o senhor se deite para dormir. Daí se esgueire por algum buraco, rasteje até a cama, belisque o nariz dele e puxe seu cabelo.

O rato voltou para lá e fez como os demais haviam dito, e então o senhor acordou, esfregou o nariz com irritação e disse:

— Esses gatos não servem para nada, deixaram os ratos me arrancarem os cabelos da cabeça! — E enxotou todos de lá. Dessa forma, o rato havia ganhado o jogo.

Na noite seguinte, quando o senhor estava indo dormir, o rato entrou, mordiscou e roeu o laço vermelho de onde pendia a pedra até desgastá-lo e a pedra cair. Então arrastou a pedra até a porta. Mas isso era muito difícil

para o pobre ratinho, então ele falou para o macaco, que já estava à espreita:

— Use suas patas e pegue a pedra!

Foi fácil para o macaco. Ele carregou a pedra e foram todos em direção ao rio. Chegando lá, o macaco disse:

— Agora temos de chegar até a caixa!

O urso disse:

— Estamos quase lá. Eu entro na água e nado, enquanto o macaco se senta em minhas costas, segura no meu pelo bem firme com as mãos e carrega a pedra na boca. O rato pode se sentar na minha orelha direita.

Fizeram dessa forma e entraram no rio. Depois de um tempo em silêncio, o urso ficou com vontade de conversar e disse:

— Escute, macaco, nós ainda somos bons camaradas, não é?

Porém, o macaco nada respondeu e permaneceu calado.

— Ei — disse o urso —, não vai me responder? É coisa de mau caráter não responder nada.

Quando o macaco ouviu isso, abriu a boca, deixou a pedra cair na água e disse:

— Não podia responder, eu estava com a pedra na boca! Agora ela sumiu, e é tudo culpa sua!

— Calma — disse o urso. — Logo a gente pensa em uma solução.

Discutiram o assunto e convocaram as pererecas, os sapos e todos os seres rastejantes que vivem na água, que juntos disseram a eles:

— Um inimigo poderoso está a caminho. Vão, juntem muitas pedras e construiremos um muro que os protegerá dele.

Isso assustou os bichos, e eles arrastaram pedras de todos os cantos até lá, até que, por fim, um sapo-cururu velho e gordo emergiu do fundo do rio trazendo o laço vermelho com a pedra dos milagres na boca. Quando o urso viu aquilo, ficou muito contente:

— Aqui está! É disso que precisamos.

Aliviaram o velho sapo de seu fardo, disseram aos bichos que estava tudo bem e se despediram bem depressa. Em seguida, dirigiram-se os três até o homem na caixa e romperam a tranca com a ajuda da pedra. Chegaram na hora certa, porque ele já havia comido o pão e bebido toda a água e já estava quase desfalecido. Mas, quando ele segurou a pedra nas mãos, desejou reaver seu vigor e saúde, e viveu feliz em seu belo castelo com jardim e estábulos, e os três animais ficaram com ele e tiveram uma vida boa e longa.

IRMÃOS GRIMM
HISTÓRIAS SECRETAS

✱ **1815 KHM 107A** ✱

OS CORVOS

Die Krähen

A sabedoria dos corvos tem muito a oferecer a um homem traído por seus camaradas, mas pode ser impiedosa com aqueles pérfidos de coração.

HAVIA UM SOLDADO MUITO JUSTO QUE HAVIA ganhado algum dinheiro e economizado, porque era muito parcimonioso, ao contrário dos demais, que esbanjavam tudo nas tavernas. Havia também dois camaradas deles que, na verdade, tinham um coração perverso e pretendiam tomar seu dinheiro, mas se mostravam sempre muito amigáveis. Certa feita, falaram assim com ele:

— Escute, por que deveríamos ficar nesta cidade? Parece que estamos trancafiados aqui como prisioneiros. E um sujeito como você poderia voltar para nosso país, ganhar dinheiro suficiente e viver muito bem.

Depois dessa conversa, sentaram-se por um bom tempo até que o soldado enfim se convenceu a viajar com eles. Os outros dois não tinham nada na cabeça além da intenção de roubar-lhe todo o dinheiro. Quando já haviam percorrido uma parte do caminho, os dois disseram:

— Deveríamos dobrar aqui à direita se quisermos chegar à fronteira.

— Deus nos livre disso, esse caminho volta direto para a cidade. Devemos dobrar à esquerda.

— Por que você sempre quer dar uma de espertalhão? — gritaram os dois e partiram para cima dele, espancaram-no até que desfalecesse e pegaram todo o dinheiro de seus bolsos. Como se não bastasse, vazaram seus olhos, arrastaram-no até uma forca e amarraram-no ali, bem apertado. Abandonaram-no naquele lugar e voltaram para a cidade com o dinheiro roubado.

O pobre cego não sabia em que lugar tétrico estava. Tateou e sentiu que se encontrava sob vigas de madeira. Pensou então que aquilo era uma cruz e falou:

— Foi bom da parte deles ao menos terem me amarrado embaixo de uma cruz. Fico mais perto de Deus.

E começou a orar direto para Deus. Quando já era quase noite, ouviu o bater de asas; eram três corvos, que pousaram sobre as vigas. Então ouviu uma espécie de conversa:

— Irmãos, quais boas novas me contam? Ai, se os humanos soubessem o que nos é dado saber! A filha do rei está doente, e o velho prometeu a mão dela àquele que a curar; mas ninguém sabe que, para que ela se cure, existe um sapo no brejo ali adiante que deve ser torrado até virar cinzas e que depois ela deve tomá-las.

O segundo corvo falou assim:

— Ai, se os humanos soubessem o que nos é dado saber! Hoje à noite cairá do céu um orvalho tão maravilhoso e curativo que pode restaurar os olhos de um cego que o esfregar no rosto.

E assim falou o terceiro:

— Ai, se os humanos soubessem o que nos é dado saber! O sapo pode ajudar apenas uma pessoa, e o orvalho apenas um punhado delas, mas, na cidade, o clamor é tremendo, pois todos os poços secaram, e ninguém sabe que, se removerem a pedra quadrada do mercado e cavarem ali embaixo, brotará a mais pura das águas.

Assim que os corvos disseram isso, o soldado ouviu mais uma vez o bater de asas voando para longe. Em dado momento, ele conseguiu se soltar das amarras. Então, curvou-se, apanhou algumas folhinhas de grama e untou os olhos com o orvalho que havia caído sobre elas. Logo voltou a ver. Viu a lua, as estrelas e o céu, e também viu que estava ao lado de uma forca.

Depois disso, procurou por alguns cacos e juntou um pouco do orvalho valioso, o máximo que pudesse carregar, e assim que terminou, foi em direção ao brejo, vasculhou na água e capturou o sapo. Então torrou o sapo até restarem só as cinzas e partiu em direção à corte real. Lá, a filha do rei recebeu as cinzas e ficou curada. O soldado exigiu, como prometido, que eles se casassem. O rei, contudo, não tinha gostado muito dele, achando-o muito malvestido, e disse então que se casaria com sua filha aquele que trouxesse água para a cidade. Falou isso na esperança de se livrar do soldado. Mas lá foi ele, ordenou que as pessoas retirassem a pedra quadrada do mercado e que cavassem no lugar atrás de água. Assim foi feito, e logo surgiu uma linda fonte, de onde jorrava muita água. O rei não podia mais impedir que ele se casasse com a princesa, e eles viveram felizes como marido e mulher.

Depois de um tempo, quando passeava pelos campos, deparou-se com seus dois antigos camaradas, que tinham agido com ele de maneira tão perversa. Eles não o reconheceram, mas ele os reconheceu de imediato, foi na direção deles e falou:

— Vejam, sou seu antigo camarada, cujos olhos vazaram com tamanha perfídia. Mas o louvado Deus me fez prosperar na alegria.

Então eles caíram a seus pés e imploraram por misericórdia, e como ele tinha um bom coração, apiedou-se deles e levou-os para casa consigo, dando-lhes de comer e de vestir. Contou-lhes, então, o que havia se passado e como havia conquistado todas aquelas honras. Quando ouviram tudo aquilo, os dois ficaram inquietos e ansiosos para passar uma noite sob a forca na esperança de ouvir alguma coisa boa. Embaixo da forca, logo ouviram o bater de asas sobre suas cabeças, e os três corvos chegaram. Um falou para os demais:

— Escutem, irmãos. Alguém deve ter ouvido nossa conversa, pois a princesa está curada, o sapo não está no brejo, um cego agora enxerga e, na cidade, escavaram uma fonte de água fresca. Venham, vamos procurar, talvez encontremos esse bisbilhoteiro.

Então voaram para a forca e encontraram os dois, e, antes que pudessem se explicar, caíram sobre suas cabeças e bicaram seus olhos, e tanto bicaram os rostos dos dois que eles morreram. Ficaram lá, caídos sob a forca. Depois de alguns dias, o soldado pensou para onde seus camaradas poderiam ter ido e começou a procurá-los. Porém, nada encontrou além de ossos, que recolheu da forca e depositou em uma sepultura.

138

IRMÃOS GRIMM
HISTÓRIAS SECRETAS

✱ 1812 KHM 34A ✱

A TRINA* DO HANS

Hansens Trine

O sono vem em primeiro lugar para Trina, depois vem o trabalho. Quando Hans decide lhe aplicar um castigo, talvez as coisas fiquem um pouco confusas para ela.

TRINA DO HANS ERA PREGUIÇOSA E NÃO queria fazer nada. Ela dizia a si mesma: *O que faço? Como, durmo ou trabalho? Ah, primeiro vou comer!* E, depois de comer até se fartar, voltava a falar consigo: *O que faço?*

---

* Trina é um nome de origem escandinava que foi muito comum na Alemanha até o início do século XX. É também um diminutivo carinhoso para Catarina, Katrina e nomes similares. Em grego, o nome significa "pura" ou "imaculada", já em latim, trina significa "tripla" ou "trindade". A condenação da preguiça é um tema muito comum nos primeiros contos dos Grimm, e "Hansens Trine" é com certeza o que explora de forma mais explícita esse tema. Devido ao conto dos Grimm, o nome Trina acabou sendo associado à preguiça e ao sono. Tanto é que, no jogo de videogame *Elden Ring,* tudo que é relacionado a uma personagem chamada Sta. Trina está ligado ao sono. Os lírios de Sta. Trina, por exemplo, podem ser utilizados para fabricar armas que provocam sono nos inimigos. [N.T.]

Trabalho ou durmo? Ah, primeiro vou tirar um cochilo! Então, ela se deitava e dormia, e ao acordar já era noite, então não podia mais sair para trabalhar.

Certa vez, Hans foi para casa depois do almoço e encontrou Trina mais uma vez deitada a dormir. Então ele pegou uma faca e cortou a saia dela até a altura do joelho. Trina acordou e pensou: *Agora quero ir trabalhar.* Porém, quando saiu e viu que a saia estava curta, ela se assustou e falou consigo mesma: *Sou eu ou não sou eu mesma?* Ela não sabia, contudo, o que responder a isso. Por fim, depois de um bom tempo ponderando, pensou: *Vá para casa e pergunte se você é você, que lá eles vão saber.* Assim, ela voltou, bateu na janela e chamou:

— A Trina do Hans está em casa?

Pensando que ela estava dormindo como sempre, responderam:

— Sim! Está deitada, dormindo lá no quarto.

— Então não sou eu — disse Trina, satisfeita.

Ela então foi embora da vila e nunca mais voltou, e Hans ficou sem Trina.

IRMÃOS GRIMM
HISTÓRIAS SECRETAS

✶ 1812 KHM 61A ✶

O CONTO DO ALFAIATE QUE ENRIQUECEU

Von dem Schneider, der bald reich wurde

*Tudo o que ele precisa é de um tordo e de sua esperteza
para começar sua empreitada de enriquecimento.
Também um pouquinho de senso de humor.*

U M POBRE ALFAIATE ATRAVESSAVA O CAMPO no inverno, na intenção de visitar o irmão. No meio do caminho, encontrou um tordo congelado e falou para si mesmo:

— Se a coisa é maior que um piolhão, o alfaiate vai levar para sua habitação!

Assim, ele pegou o tordo e carregou consigo. Ao chegar à casa do irmão, olhou primeiro pela janela dos fundos para ver se havia alguém lá. Então viu um gordo reverendo sentado ao lado de sua cunhada, e sobre a mesa havia carne assada e uma garrafa de vinho. Ao mesmo tempo, bateram na porta. Era o marido que queria entrar. Então, o alfaiate viu a mulher esconder depressa o clérigo em um baú, meter o assado no forno e acobertar a garrafa de vinho na cama. No instante seguinte, o alfaiate entrou na casa, cumprimentou o irmão e a cunhada e sentou-se no baú onde o reverendo estava escondido. O marido falou:

— Esposa, estou com fome, não fez nada para comer?

— Não, me desculpe, mas hoje não tem nada de comer em casa.

O alfaiate tirou o tordo congelado do casaco. Vendo isso, o irmão falou:

— Irmão, o que está fazendo com esse tordo congelado?

— Ora! Isso aqui vale muito dinheiro. Ele pode adivinhar o futuro!

— Então vamos ver o que ele diz sobre o futuro.

O alfaiate segurou o tordo contra a orelha e falou:

— Diz o tordo: há uma bandeja com carne assada dentro do forno.

O marido foi até o forno e encontrou o assado.

— O que mais diz esse tordo?

— Metida na cama há uma garrafa de vinho.

Ele também achou o vinho.

— Caramba! Eu quero esse tordo, venda para mim!

— Pode ficar com ele se me der o baú em que estou sentado.

O marido concordou na mesma hora, mas a esposa disse:

— Não, isso não, sou muito apegada a esse baú, não abro mão dele.

O marido então falou:

— Mas você enlouqueceu? Que utilidade pode ter um baú velho? Troque com meu irmão o baú pelo pássaro de uma vez!

O alfaiate pôs o baú em um carrinho de mão e foi embora. Pelo caminho, ele ia falando:

— Vou pegar esse baú e jogá-lo na água, vou pegar esse baú e jogá-lo na água.

Por fim, o reverendo se remexeu lá dentro e falou:

— Você sabe muito bem o que tem dentro do baú. Deixe-me sair que lhe dou cinquenta táleres*.

— Sim, por esse preço, tudo bem.

Deixou-o sair e foi para casa com o dinheiro. As pessoas perguntaram onde ele havia conseguido tanto dinheiro, mas ele apenas respondeu:

— Vou contar para vocês. O preço do couro está tão alto que eu abati minha vaca velha e recebi uma bolada pela pele.

O povo da vila também queria lucrar assim, então degolaram todos os bois, vacas e ovelhas e levaram as peles para a cidade, mas receberam uma merreca por eles, porque agora havia uma oferta muito grande de peles. O prejuízo irritou os camponeses, e eles jogaram lixo e outras coisas imprestáveis na porta do alfaiate. Ele, por sua vez, recolheu tudo em seu baú e foi até a hospedaria da cidade. Lá, perguntou ao estalajadeiro se ele poderia guardar o baú por um tempo; o baú estava cheio de grandes preciosidades,

---

* O táler foi uma moeda de prata que circulou na Europa desde o início do século XVI até o final do século XIX. O nome dólar é derivado de táler. [N.T.]

que não ficariam em segurança com ele. O estalajadeiro disse estar disposto a guardar o baú.

Um tempo depois, veio o alfaiate, pediu o baú de volta e abriu para ver o que tinha lá dentro. Como o baú estava cheio de lixo, ele se enfureceu de maneira violenta, insultou o estalajadeiro e ameaçou processá-lo. O estalajadeiro, para não chamar atenção e temendo por seu crédito na praça, preferiu dar ao alfaiate cem táleres.

Os camponeses se irritaram ainda mais porque o alfaiate parecia lucrar com qualquer coisa que acontecia com ele. Pegaram o baú, meteram o alfaiate com violência lá dentro, lançaram-no na água e deixaram que a correnteza o levasse. O alfaiate ficou quieto por um momento até que o baú chegasse a uma margem, então gritou:

— Não! Não o farei! Não o farei! Ainda que o mundo inteiro queira isso!

Um pastor ouviu a gritaria e perguntou:
— O que é essa coisa que não quer fazer?
— Epa! — disse o alfaiate. — Há um rei de temperamento tolo que decretou que aquele que descesse a correnteza dentro deste baú receberia a filha dele em casamento. Mas eu coloquei na cabeça que não faria isso, mesmo que todo o mundo quisesse assim.
— Escute. Se fosse outro no baú, ganharia a filha do rei?
— Ah, sim, é claro.
— Então quero ficar no seu lugar!

Então o alfaiate saiu e o pastor entrou. O alfaiate trancou o baú, e em pouco tempo o pastor foi a pique. O alfaiate ficou com todo o rebanho do pastor e rumou de volta para casa.

Os camponeses perguntaram como ele havia conseguido voltar para a vila e ainda mais com aquele monte de ovelhas. O alfaiate respondeu:

— Eu afundei. Fui fundo, fundo! Lá, encontrei um rebanho inteiro e trouxe comigo.

Os camponeses também queriam ter ovelhas e foram juntos até o rio. Naquele dia, o céu estava azul e salpicado de pequenas nuvens brancas, que refletiam na água clara. Então disseram:

— Já vemos os cordeiros lá no fundo!

E o líder da comunidade declarou:

— Quero ser o primeiro a descer para ter certeza, e se tudo estiver certo, chamo vocês.

Quando ele mergulhou, a água farfalhou: "*Blupe!*". E eles acharam que o líder estava dizendo: "*Pule!*". E todos os outros afundaram atrás dele. E, assim, o alfaiate se tornou dono de toda a vila.

IRMÃOS GRIMM
HISTÓRIAS SECRETAS

✴ 1812 KHM 68A ✴

O JARDIM DO VERÃO E DO INVERNO

Von dem Sommer und Wintergarten

Um pai devotado fará de tudo para dar a suas três filhas os presentes que elas mais desejam, sem pensar que pode estar comprometendo sua favorita com uma fera perigosa. Inspirado em A Bela e a Fera.

M COMERCIANTE ESTAVA PRESTES A IR até a feira e perguntou às três filhas o que elas queriam que ele lhes trouxesse. A mais velha falou:

— Um lindo vestido!

E a segunda:

— Um par de belos sapatos!

E a terceira:

— Uma rosa!

Porém, conseguir uma rosa não era tarefa fácil, pois estavam no meio do inverno. Mas, como a caçula era a mais bela e ficava muito feliz com flores, o pai disse que tentaria encontrar a rosa e faria tudo a seu alcance.

Ao voltar de sua jornada, o comerciante trazia um esplendoroso vestido para a filha mais velha e um par de lindos sapatos para a do meio, mas não havia conseguido a rosa para a caçula. Quando ia até um jardim e perguntava por uma rosa, todo mundo ria:

— Acha que uma rosa cresce na neve?

Ficou muito triste com isso e, enquanto pensava que não levaria nada para a filha favorita, foi dar em um castelo, que tinha em volta um jardim. Em metade do jardim era verão e na outra, inverno, e de um lado brotavam as mais belas flores, grandes e pequenas, e do outro estava tudo estéril e coberto por uma grossa camada de neve. O homem desmontou do cavalo e, ao ver um canteiro cheio de rosas do lado do verão, colheu uma e foi embora. Já tinha percorrido um bom trecho quando ouviu algo correndo atrás dele a rosnar. Ele se virou e viu uma enorme fera negra, que disse:

— Devolve-me minha rosa ou te mato.

O homem, então, falou:

— Imploro-te, deixa que eu fique com a rosa. Preciso levá-la para minha filha, que é a mais linda donzela do mundo.

— Permitirei se me der tua linda filha como esposa.

Para se livrar da fera, o homem disse sim, acreditando que ela não viria exigir a filha dele. A fera, porém, gritou às suas costas:

— Em oito dias, irei buscar minha noiva!

O comerciante trouxe para as filhas o que cada uma mais desejava. Elas se alegraram muito, principalmente a mais jovem, com a rosa. Depois de oito dias, estavam as

147

três irmãs sentadas à mesa e ouviram alguma coisa subir a escada com passadas pesadas, parar diante da porta e gritar:

— Abram! Abram a porta!

Elas abriram e tomaram um susto ao ver uma enorme fera negra entrar:

— Porque minha noiva não veio e o tempo se esvaiu, vim eu mesmo buscá-la.

Então a fera pegou a caçula, que começou a gritar. De nada adiantou, e ela teve que ir embora com a fera. Quando o pai chegou em casa, sua filha preferida havia sido raptada.

A fera negra levou a bela jovem até seu castelo. Lá havia muito esplendor e beleza: músicos tocavam e havia o jardim metade verão, metade inverno. A fera fazia tudo para agradá-la e dava para ver a felicidade nos olhos dela. Comiam juntos, mas ela precisava servi-la, senão a fera não comia. A jovem se tornou gentil com a fera e, por fim, começou a amá-la. Certa vez, ela lhe disse:

— Tenho tanto medo, não sei bem o porquê, mas acho que meu pai ou uma das minhas irmãs podem estar doentes. Se ao menos pudesse vê-los mais uma vez.

A fera conduziu-a até um espelho e disse:

— Olhe no espelho.

E quando ela olhou, foi como se estivesse em casa. Viu seu antigo quarto e o pai, que estava adoentado por causa do coração partido, pois acreditava que por sua culpa a filha amada havia sido raptada e devorada por uma fera selvagem. Se soubesse como ela estava, talvez não se atormentasse tanto. Viu também as irmãs, chorando sentadas ao lado do leito do pai. Tudo aquilo fez doer seu coração, e ela implorou à fera para que deixasse que, apenas por alguns dias, voltasse para a casa. A fera recusou por um tempo, mas como ela se lamuriava muito, compadeceu-se e disse:

— Vai até teu pai, mas me promete que voltarás em oito dias.

Ela prometeu e foi embora, enquanto a fera ainda clamava:

— Não permaneças mais do que oito dias.

Ao chegar em casa, o pai se encheu de alegria por vê-la uma vez mais, mas a doença e a tristeza já haviam devorado muito de seu coração, e ele não se restabeleceu, morrendo alguns dias depois. Com toda aquela tristeza, ela não conseguia pensar em outra coisa e, depois de velar o pai, chorar sobre o corpo dele e se consolar com as irmãs, ela se lembrou de sua amada fera e de que mais de oito dias já tinham se passado. Ficou com muito medo de que a fera também pudesse estar doente e voltou para o castelo no mesmo instante.

Quando chegou, tudo estava silencioso e triste. Os músicos não tocavam mais e tudo estava acortinado de negro. O jardim era só inverno e neve. E ela procurou a fera, que havia desaparecido; olhou em todos os lugares, mas não conseguiu encontrá-la. Então ficou triste em dobro e não sabia como se consolar. Foi com toda sua tristeza para o jardim e lá viu um amontoado de cabeças de repolho, e a que estava por cima já estava muito velha e podre. Então começou a espalhá-las e, depois de afastar algumas, viu sua amada fera, que estava morta embaixo do monte. Bem depressa, buscou água e começou a regá-las sem parar, então a fera surgiu lá do meio, transformada em um lindo príncipe.

Celebraram o casamento e os músicos voltaram a tocar, o lado do verão no jardim recuperou seu esplendor, as cortinas negras foram retiradas e eles viveram juntos, felizes para sempre.

IRMÃOS GRIMM
HISTÓRIAS SECRETAS

✳ 1812 KHM 59A ✳

O PRÍNCIPE CISNE

Prinz Schwan

Uma donzela enfrenta desafios para libertar o príncipe transformado em cisne. Ela contará com a ajuda de três senhoras inusitadas e coragem para enfrentar uma rainha falsa.

Era uma vez uma donzela que estava no meio de uma enorme floresta, então se aproximou um cisne que carregava um novelo de lã e lhe disse:

— Não sou um cisne, mas um príncipe encantado. Mas você pode quebrar o encanto e me libertar se conseguir desenrolar este novelo para que eu voe para longe. Porém, cuide para não deixar o fio se partir em dois, pois senão não poderei alcançar meu reino e ser libertado. Se conseguir desenrolar o fio, você se tornará minha noiva.

A donzela pegou o novelo, e o cisne se lançou aos céus. Dessa forma, o fio foi se desenrolando com facilidade. Ela desenrolou e desenrolou o dia inteiro, e ao anoitecer já conseguia ver o final do fio. Porém, por azar, ele se prendeu no espinho de um arbusto e se partiu. A donzela ficou desolada e chorou muito. Com a chegada da noite, o vento começou a soprar forte na floresta, e ela ficou com medo e começou a correr o mais rápido possível. Depois de correr por muito tempo, viu uma luzinha e foi em sua direção. Encontrou uma casa e bateu na porta. Uma velha mãezinha saiu e ficou espantada ao ver uma donzela à porta:

— Olá, minha criança. De onde vem, tão tarde?

— Dê-me abrigo esta noite e um pouco de pão para comer. Eu me perdi na floresta.

— É complicado — respondeu a velha. — Eu a acolheria de bom grado, mas meu marido é um devorador de homens. Se ele a encontrar, vai devorá-la sem dó nem piedade. Porém, se passar a noite ao relento, quem vai devorá-la são as feras selvagens. Verei o que posso fazer por você.

Então, ela deixou a donzela entrar, deu-lhe um pouco de pão para comer e escondeu-a debaixo da cama. O antropófago, contudo, chegava em casa sempre antes da meia-noite, quando o sol já tinha se posto por completo, e ia embora pela manhã, antes de o sol nascer. Não demorou muito, e ele entrou:

— Estou sentindo o cheiro! Estou sentindo o cheiro de carne humana! — disse ele, procurando pelo aposento, até que olhou embaixo da cama, agarrou a donzela e a puxou para fora. — Isso vai dar um bom petisco!

Contudo, a mulher implorou e implorou até que ele prometesse que deixaria a donzela viver por aquela noite e só a comeria no café da manhã. Mas, antes da aurora, a velha acordou a donzela:

— Depressa! Vá embora para longe antes que meu marido acorde. Tome este cata-vento dourado de presente e cuide bem dele. O meu nome é Sol.

A donzela foi embora, e à noite foi parar numa casa onde tudo ocorreu da mesma maneira que na noite anterior.

A segunda velha se despediu dela dando de presente uma roca dourada, dizendo:

— O meu nome é Lua.

E, na terceira noite, ela chegou a uma terceira casa, onde uma terceira velha lhe deu de presente um carretel e disse:

— O meu nome é Estrela, e o príncipe cisne, mesmo não tendo todo o novelo desenrolado, já estava bem longe e conseguiu alcançar o reino dele. Lá, ele é rei e já está casado, e vive com toda a glória no alto de uma montanha de vidro. Você chegará lá hoje à noite, mas um dragão e um leão estão a vigiar. Por isso, leve pão e toucinho para domá-los.

E assim foi feito. A donzela lançou o pão e o toucinho nas mandíbulas das feras, e elas deixaram-na passar. Ela chegou aos portões do castelo, mas os guardas não a deixaram entrar. Então ela se sentou perante os portões e começou a girar o cata-vento dourado. A rainha viu tudo lá de cima, adorou o belo cata-vento e desceu, porque queria ficar com ele. A donzela disse à rainha que ela poderia ficar com o cata-vento desde que permitisse que ela passasse a noite ao lado do quarto do rei. A rainha disse que sim, e a donzela foi conduzida para o interior do castelo. Percebeu que tudo aquilo que se falava em seu quarto poderia ser ouvido no quarto de dormir do rei. Quando a noite chegou e o rei se deitou na cama, ela cantou:

— *Será que não pensa, o tal rei cisne, / Em sua noiva, a prometida Juliane? / Que cruzou com o Sol, a Lua e a Estrela, / E enfrentou leão e dragão. / O rei cisne despertará ou não?*

Porém, o rei nada ouviu, já que a rainha, astuta e desconfiada da donzela, deu-lhe uma poção para dormir. E o sono dele era tão profundo que não ouviu nada que a donzela trouxe à tona. De nada adiantou, e pela manhã

153

ela precisou voltar para a frente do portão. Lá, sentou-se e começou a girar sua roca. A rainha também gostou da roca e isso as colocou na situação anterior, com a donzela sendo levada para mais uma noite ao lado do quarto de dormir do rei. Lá, ela voltou a cantar:

— *Será que não pensa, o tal rei cisne, / Em sua noiva, a prometida Juliane? / Que cruzou com o Sol, a Lua e a Estrela, / E enfrentou leão e dragão. / O rei cisne despertará ou não?*

Contudo, o rei mais uma vez se encontrava em um sono profundo por conta de uma poção do sono, e a donzela perdeu também sua roca. Voltou a se sentar na frente dos portões pela terceira manhã, enrolando seu carretel. A rainha também quis ter aquela preciosidade e disse à donzela que permitiria que ela passasse mais uma noite ao lado do quarto de dormir. Contudo, a donzela percebera o ardil e pediu à serva do rei para lhe dar outra coisa para beber naquela noite. E então ela cantou mais uma vez:

— *Será que não pensa, o tal rei cisne, / Em sua noiva, a prometida Juliane? / Que cruzou com o Sol, a Lua e a Estrela, / E enfrentou leão e dragão. / O rei cisne despertará ou não?*

E assim o rei despertou. Ao ouvir aquela voz, reconheceu a donzela e perguntou à rainha:

— Quando o homem que perdeu uma chave a encontra, ele fica com a chave antiga ou com a cópia?

A rainha respondeu:

— Com toda a certeza, ele fica com a antiga.

— Então você não pode mais ser minha esposa, pois reencontrei minha primeira noiva.

Dessa forma, a rainha precisou voltar para a casa de seu pai na manhã seguinte, e o rei se casou com sua noiva legítima, e viveram felizes até o fim de suas vidas.

IRMÃOS GRIMM
HISTÓRIAS SECRETAS

✱ 1812 KHM 16A ✱

SENHOR FEITO-E-PERFEITO

Herr Fix und Fertig

Feito-e-Perfeito, um ex-soldado em busca de serviço, aceita o desafio de conquistar a princesa Nomini para seu senhor. Com astúcia e habilidade, ele precisa superar os desafios impostos pelo rei e garantir a mão da princesa.

F**EITO-E-PERFEITO FOI, DURANTE MUITO TEM**po, um soldado. Porém, acabou-se a guerra e não havia mais nada a ser feito. Como todos os dias eram vazios e iguais, pediu dispensa com a pretensão de se tornar serviçal de um grande senhor. Assim, haveria trajes ornados de ouro, muito a ser feito e coisas novas acontecendo o tempo todo. Tomou então seu rumo e foi dar em uma vila estrangeira, onde viu um senhor que passeava pelo jardim. Feito-e-Perfeito não pensou duas vezes, colocou-se à frente dele e disse:

— Meu senhor, procuro servir a um grande suserano.

Se Vossa Majestade for quem procuro, estou à disposição. Tudo posso e tudo sei, grande ou pequeno, desde que seja de seu agrado.

O senhor respondeu:

— Certo, meu filho. Seria de meu agrado se me dissesse o que desejo no momento.

Sem dizer uma palavra, Feito-e-Perfeito deu meia-volta e voltou correndo com um cachimbo e tabaco.

— Muito bem, meu filho, você é meu servo. Sua tarefa agora é conquistar para mim a princesa Nomini, a mais bela do mundo, a quem desejo ter como noiva.

— Tudo bem — disse Feito-e-Perfeito —; para mim isso é ninharia. Logo Vossa Majestade a terá. Consiga-me tão somente uma carruagem que lhe esteja sobrando, com seis cavalos, um cocheiro, guardas, carregadores, servos e um cozinheiro, todos trajados de maneira apropriada. De minha parte, preciso portar vestes principescas e todos devem obedecer às minhas ordens.

Logo, partiram; o senhor serviçal sentado na carruagem e seguindo sempre em direção à fortaleza real onde residia a bela princesa. Assim que acabaram as estradas pavimentadas, seguiram campo adentro e logo chegaram a uma grande floresta, repleta de pássaros aos milhares. Uma canção portentosa pairava no esplendoroso céu azul.

— Alto! Alto! — gritou Feito-e-Perfeito. — Não perturbem os pássaros! Eles estão a saudar seu criador e hão de me servir em outra hora. Virem à esquerda!

Assim, o cocheiro precisou dar a volta e seguir adiante na floresta. Logo depois, chegaram a um grande campo. Lá estavam pousados um bilhão de corvos que gritavam por comida.

— Alto! Alto! — gritou Feito-e-Perfeito. — Desamarrem um dos cavalos da vanguarda, levem-no para o campo e matem-no a facadas para que os corvos tenham o que comer. Não é de minha vontade que eles amarguem fome.

Depois que os corvos se fartaram, a jornada continuou e o grupo chegou a um lago onde um peixe fazia sons lamentáveis.

— Por Deus Todo-Poderoso! Não tenho do que me alimentar neste brejo horroroso. Solte-me em águas correntes, e um dia retribuirei o favor.

Ele mal havia terminado de falar quando Feito-e-Perfeito gritou:

— Alto! Alto! Cozinheiro, guarde o peixe em seu avental! Cocheiro, rume para a água corrente!

O próprio Feito-e-Perfeito o soltou na água, onde ele bateu as nadadeiras com alegria. O senhor Feito-e-Perfeito falou:

— Que os cavalos corram agora; ao anoitecer, chegaremos ao destino.

Quando chegou à residência real, foi conduzido de imediato ao melhor aposento de hóspedes, e o estalajadeiro e sua equipe o receberam da melhor forma possível, acreditando ser ele um rei estrangeiro e não somente um senhor serviçal. O próprio Feito-e-Perfeito se apresentou na corte, tentando causar uma boa impressão e conquistar a princesa.

— Meu filho — disse o rei —, diversos pretendentes já foram rejeitados por serem incapazes de realizar os desafios que proponho para conquistar minha filha.

— Pois bem, Vossa Majestade — respondeu Feito-e-Perfeito —, diga-me apenas qual é o desafio.

E assim falou o rei:

— Derrubei sobre o solo um quarto de quilo de sementes de papoula. Se conseguir juntá-las, sem deixar faltar uma semente sequer, terá a princesa para entregar a seu senhor.

Ho, ho, pensou Feito-e-Perfeito, *isso é fácil demais para mim!* Pegou, então, uma xícara de medir, um saco e lenços brancos feito neve. Saiu e espalhou os lenços ao lado do campo semeado. Logo depois, vieram aqueles pássaros que cantavam na floresta e que ele não deixou que fossem incomodados, e as aves pegaram as sementes, grãozinho por grãozinho, carregando-as para os lenços brancos. Assim que estavam todas sobre os lenços, Feito-e-Perfeito juntou até a última delas no saco, meteu o medidor embaixo do braço, foi até o rei e mediu as sementes recolhidas. Pensou, então, que a princesa já era sua, mas estava errado:

— Mais uma coisa, meu filho — disse o rei. — Um dia desses, minha filha perdeu o anel de ouro dela. Você precisa recuperá-lo antes de receber a princesa.

Feito-e-Perfeito não esboçou nenhuma preocupação.

— Leve-me até o lago e mostre-me de que ponto da ponte ele caiu, Vossa Majestade, que logo ele será recuperado.

Já do alto da ponte, viu no lago abaixo a nadadeira do peixe que havia lançado na água durante a viagem. O peixe colocou a cabeça para fora d'água e disse:

— Espere um momento, vou lá para o fundo; uma baleia está com o anel debaixo da nadadeira. Vou buscar.

Logo estava de volta e lançou a joia na terra. Feito-e-Perfeito trouxe o anel para o rei, que, contudo, respondeu:

159

— Só mais uma coisinha. Naquela floresta vive um unicórnio que já causou muitos estragos. Se conseguir matá-lo, não pedirei mais nada.

Feito-e-Perfeito não se abalou com o pedido, apenas virou-se e foi direto para a floresta. Lá estavam os corvos que havia alimentado daquela vez, que lhe disseram:

— Tenha só um pouco mais de paciência. Por ora, o unicórnio está deitado e dormindo, mas não com seu olho cego para baixo. Quando ele se virar, vamos arrancar seu olho bom, e quando estiver cego, vai correr enraivecido contra as árvores e se prender com o chifre. Assim, poderá matá-lo com facilidade.

Logo, o bicho se sacudiu no sono umas duas vezes e se virou. Então os corvos caíram sobre ele e arrancaram seu olho saudável. Ao ser tomado pela dor, o unicórnio saltou e correu desabalado para dentro da floresta. Logo, prendeu-se ao tronco de um carvalho maciço. Feito-e-Perfeito já pulou para perto dele e arrancou-lhe a cabeça, levando-a para o rei. Este não tinha mais como recusar a mão da filha, e ela partiu com Feito-e-Perfeito, que portava seu traje completo e sentou-se ao lado dela na carruagem, cumprindo a promessa de levar a adorável princesa para seu senhor.

Foi recebido com toda pompa quando chegou, e seu senhor celebrou um majestoso casamento com a princesa. Feito-e-Perfeito foi nomeado primeiro-ministro.

Todos os membros da sociedade a quem esta história foi contada quiseram muito tomar parte da celebração. Uma como camareira, outra cuidando do vestuário, outro como copeiro e por aí vai.

IRMÃOS GRIMM
HISTÓRIAS SECRETAS

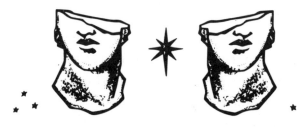

✽ 1812 KHM 64A ✽

O SIMPLÓRIO

Von dem Dummling

Não importa a história, ou o contexto, jamais se deve subestimar um homem por seu raciocínio lento. O pensamento desacelerado pode ser sinal de sabedoria, e esse jovem chamado Simplório irá provar isso.

✽ I. A POMBA BRANCA ✽

DIANTE DO PALÁCIO REAL EXISTIA UMA PEreira esplendorosa, que todo ano produzia os mais belos frutos. Porém, quando estavam maduros, eram colhidos todos em uma única noite, e ninguém sabia quem fazia isso. O rei tinha três filhos, mas como o caçula tinha o raciocínio um pouco lento, era chamado de Simplório. Então o rei ordenou ao primogênito que vigiasse a pereira todas as noites durante um ano inteiro, para descobrir de uma vez por todas quem era o ladrão. Ele assim o fez e vigiou por noites inteiras. A árvore frutificou e estava carregada de pequenas peras, e assim que começaram a amadurecer, ele passou a vigiar com mais afinco. Por fim, chegou o dia em que estavam completamente maduras e a colheita seria feita na manhã seguinte. Contudo, na última noite, o primogênito caiu no sono e, ao despertar, todas as frutas tinham desaparecido e só restavam as folhas da árvore.

Então o rei ordenou ao segundo filho que vigiasse a pereira durante um ano, mas ele não se saiu melhor do que o primeiro. Na última noite, não conseguiu resistir ao sono, e pela manhã todas as peras já tinham sido colhidas. Por fim, o rei ordenou ao Simplório que fosse o vigia por um ano, e todos da corte riram disso. Mas o Simplório vigiou e, na última noite, resistiu ao sono; então viu quando uma pomba branca veio voando, picou uma pera atrás da outra e foi-se embora carregando as frutas. E quando ela estava indo embora com a última pera, o Simplório se levantou e foi atrás dela. Porém, a pomba voou até uma montanha bem alta e desapareceu em uma gruta rochosa. O Simplório viu que a seu lado havia um homenzinho cinzento e falou para ele:

— Que Deus te abençoe!

— Deus me abençoou neste exato momento através de suas palavras — respondeu o homenzinho —, pois você me libertou de um encantamento. Escale até a gruta, e lá dentro encontrará a felicidade.

O Simplório entrou na gruta. Deu muitos passos, indo cada vez mais para o fundo, e ao chegar ao final da caverna, viu a pomba branca enrolada e emaranhada em uma teia de aranha. Porém, quando ela o viu, começou a se libertar, e quando partiu o último fio, não era mais uma pomba, mas uma linda princesa que estava diante

dele e que também havia sido libertada de um feitiço. E eles se casaram, e Simplório se tornou um rei próspero, governando seu país com sabedoria.

✴ II. A ABELHA-RAINHA ✴

DOIS FILHOS DO REI PARTIRAM EM BUSCA DE AVENTURAS, entregaram-se a uma vida de excessos e loucuras e nunca mais voltaram para casa. Simplório, o caçula, foi atrás de seus irmãos perdidos. Quando os encontrou, zombaram dele. Como ele, com toda sua ingenuidade, sobreviveria ao mundo se eles falharam, mesmo sendo mais espertos?

Assim, seguiram os três juntos e foram parar em um formigueiro. Os dois mais velhos queriam sacudir o formigueiro para ver as formigas rastejarem apavoradas, carregando os ovos. Mas Simplório disse:

— Deixem os bichinhos em paz. Não gosto que vocês perturbem as formigas.

Então retomaram o caminho e chegaram a um lago, onde nadavam muitos e muitos patos. Os dois irmãos queriam capturar alguns e assar, mas Simplório repetiu:

— Deixem os bichinhos em paz. Não gosto que vocês matem os patos.

Por fim, chegaram a uma colmeia, com tanto mel que chegava a escorrer. Os dois irmãos queriam acender uma fogueira sob a árvore em que estavam penduradas as abelhas para conseguirem roubar o mel. Simplório deteve-os uma vez mais e falou:

— Deixem os bichinhos em paz. Não gosto que vocês queimem as abelhas.

Os três irmãos chegaram, então, a um castelo, com enormes cavalos de pedra nos estábulos. Também não se via vivalma. Percorreram todos os corredores até que chegaram a uma porta bem no final do último deles, de onde pendiam três cadeados. No meio da porta havia um buraco, por onde conseguiam ver o interior do quarto. Lá, viram um homenzinho cinzento sentado a uma mesa. Chamaram por ele, uma e outra vez, mas ele não os ouviu. Por fim, chamaram uma terceira vez, e ele se levantou e veio na direção da porta. Não disse uma palavra, apenas abriu a porta e conduziu-os a uma mesa posta com fartura e, depois que comeram, levou um por um até o próprio quarto de dormir.

Na manhã seguinte, ele foi até o mais velho e acenou para ele, e depois lhe trouxe um quadro de pedra onde estavam escritas três tarefas que poderiam libertar o castelo de um feitiço. A primeira: na floresta, debaixo do musgo, estavam caídas mil pérolas da filha do rei, que deveriam ser recolhidas sem faltar uma sequer e antes do pôr do sol, pois, caso contrário, quem tentasse recolhê-las seria transformado em pedra.

Lá se foi o príncipe e procurou as pérolas durante todo o dia, contudo, no fim da tarde, só havia encontrado cem delas e foi transformado em pedra. No dia seguinte, o segundo irmão assumiu a tarefa, mas, assim como o mais velho, transformou-se em pedra, pois não achou mais que duzentas pérolas. Por fim, chegou a vez de Simplório. Ele procurou no musgo, mas era tão difícil e tão demorado encontrar as pérolas que se sentou sobre uma pedra e chorou. E enquanto estava sentado, veio o rei das formigas acompanhado de cinquenta mil súditos, e não demorou muito para que todas as pérolas fossem encontradas e reunidas em um montinho.

A segunda tarefa era resgatar a chave do quarto de dormir da princesa do fundo do lago. Quando Simplório lá chegou, os patos que protegera daquela vez vieram nadando até ele e, depois que souberam da história, mergulharam e trouxeram a chave das profundezas.

A terceira tarefa era, contudo, a mais difícil: das três filhas do rei que estavam adormecidas, ele precisaria apontar qual era a mais jovem e adorável. O problema é que as três pareciam iguais e a única diferença era que a primogênita havia comido um torrão de açúcar, a do meio, um pouco de xarope, e a caçula, uma colher cheia de mel. Somente através do hálito se poderia identificar quem havia comido o mel.

Então veio a abelha-rainha, soberana das abelhas que Simplório havia salvado do fogo, e examinou a boca de todas as três. Por fim, pousou sobre a boca da que comera mel, de forma que o príncipe pudesse reconhecer qual era a certa. Assim, todo o feitiço de sono foi quebrado e quem havia sido transformado em pedra voltou à forma humana normal. Simplório se casou com a adorável caçula e tornou-se rei após a morte do pai dela. Seus dois irmãos se casaram com as outras irmãs.

✴ III. AS TRÊS PLUMAS ✴

ERA UMA VEZ UM REI QUE ENVIOU SEUS FILHOS PARA O mundo. E aquele que lhe trouxesse o mais fino linho herdaria o reino após sua morte. E, para saber aonde iriam, o

rei foi para a frente do castelo e soprou três plumas para o céu, que, ao planar, mostrariam as direções.

A primeira voou para o oeste, e para lá seguiu o mais velho; outra foi para o leste, e para lá seguiu o segundo filho; mas a terceira pluma caiu sobre uma pedra, não muito longe do palácio. Lá deveria permanecer o terceiro príncipe, o Simplório, e os outros riram dele porque ele teria de procurar o linho debaixo da pedra. Simplório, por sua vez, sentou-se sobre a pedra e chorou. E enquanto chorava, ele se balançava para a frente e para trás. Balançou-se tanto que acabou empurrando a pedra e embaixo dela viu que havia uma placa de mármore com uma argola. Simplório levantou a placa e debaixo dela havia uma escada que levava para o fundo.

Ele seguiu pela escada e chegou a uma câmara subterrânea, onde viu uma donzela a fiar. A donzela perguntou por que ele tinha os olhos lacrimosos, e ele explicou todo seu sofrimento: que devia procurar o mais fino dos linhos, mas que não podia sair para fazer isso. Então a donzela terminou de fiar e mostrou-lhe o mais belo linho de todos e disse que o levasse até seu pai.

Quando ele saiu, já havia ficado longe muito tempo e os irmãos haviam retornado com o que acreditavam ser os linhos mais finos. Porém, quando todos revelaram seus linhos, o de Simplório era o mais belo e por isso o reino deveria ser dele. Os dois irmãos, porém, não ficaram nada satisfeitos e exigiram que o pai impusesse outro desafio. O rei, por sua vez, exigiu então a mais bela tapeçaria e soprou mais uma vez as plumas para o céu, e mais uma vez a terceira caiu sobre a pedra e Simplório não pôde se afastar do castelo enquanto os outros foram para leste e

oeste. Simplório levantou a pedra de novo e encontrou a donzela tecendo uma tapeçaria maravilhosa com as cores mais vibrantes. Quando terminou, ela disse:

— Isto foi feito para ti, então leve-o. Nenhum homem no mundo terá outra tapeçaria tão majestosa.

Ele voltou para o pai e mais uma vez superou os irmãos, que trouxeram lindas tapeçarias de todos os países. Mas os dois exigiram que o rei impusesse um novo desafio, e agora herdaria o reino quem trouxesse para casa a mais bela donzela. Mais uma vez, as plumas foram sopradas, e mais uma vez a pluma de Simplório caiu sobre a pedra. Então ele desceu e contou à donzela que o pai o colocara em apuros de novo. Porém, a donzela disse que iria ajudá-lo. Bastaria que ele voltasse à câmara, e encontraria a mais bela donzela do mundo. Simplório foi e adentrou um aposento onde tudo brilhava e reluzia a ouro e pedras preciosas, contudo, em vez de uma linda mulher, havia um sapo asqueroso lá. O sapo chamou-o:

— Abrace-me e afunde-se!

Mas Simplório não quis, e o sapo lhe falou uma segunda e uma terceira vez:

— Abrace-me e afunde-se!

Então Simplório agarrou o sapo, levou-o até um açude e pulou com ele na água. Mal tocaram na água, e Simplório trazia em seus braços a mais bela das jovens. Saíram do açude e foram até o rei. Ela era mil vezes mais bela que as mulheres que os outros dois príncipes trouxeram.

Mais uma vez, o reino deveria ser de Simplório, mas os irmãos fizeram um escândalo e exigiram que só herdaria o reino aquele cuja linda mulher conseguisse saltar até o aro que pendia do centro do salão. A mulher do primogênito só conseguiu atingir a metade da altura, a do segundo filho pulou um pouco mais alto, mas a do caçula pulou até o aro. Enfim, precisaram admitir que Simplório deveria herdar o reino após a morte do pai. E, quando isso aconteceu, Simplório tornou-se rei e reinou com sabedoria por muito tempo.

✳ IV. O GANSO DOURADO ✳

ERA UMA VEZ UM HOMEM QUE TINHA TRÊS FILHOS, MAS o caçula era um simplório. Certo dia, o mais velho falou:

— Pai, vou até a floresta buscar lenha.

— Deixe isso para lá — respondeu o pai. — Logo você volta com o braço em uma tipoia.

Porém, o filho não lhe deu ouvidos e, acreditando que sabia se cuidar, meteu um bolo no alforje e partiu. Na floresta, deparou-se com um velhinho cinzento que lhe disse:

— Dê-me um pedaço deste bolo que carrega, estou faminto.

O filho sabichão, porém, respondeu:

— Por que eu deveria lhe dar um pedaço se não ganho nada em troca? Suma daqui!

E lá se foi ele com seu machado. Começou a partir uma árvore, mas não demorou muito e o tronco caiu. O machado acabou ferindo seu braço, e ele precisou voltar para casa e deixar que o enfaixassem. Tudo por causa do velho cinzento.

Depois disso, o segundo filho foi para a floresta, e lá o homenzinho também lhe pediu um pedaço de bolo. Ele também o enxotou e acabou quebrando uma perna

e precisou ser carregado para casa. Por fim, foi a vez do Simplório. O homenzinho falou com ele, assim como com os demais, sobre o pedaço do bolo.

— Aqui, pode ficar com ele inteiro — disse o Simplório, e deu o bolo para ele.

Então, o homenzinho disse:

— Corte essa árvore aqui e encontrará algo.

Simplório cortou a árvore e, quando ela caiu, viu um ganso dourado debaixo dela. Ele pegou o ganso e levou-o até uma hospedaria onde pretendia passar a noite, mas não quis ficar no quarto grande. Preferiu um quarto individual onde colocou o ganso bem no centro. As filhas do estalajadeiro viram o ganso e ficaram curiosas, com vontade de obter uma pena da ave. A filha mais velha disse:

— Vou até lá e, se eu demorar a voltar, venham me buscar.

Ela foi direto até o ganso, e foi só tocar em uma pena que ficou grudada nele. Como não voltava, a segunda irmã veio atrás dela e, ao ver o ganso, não conseguiu conter a vontade de arrancar uma pena. A mais velha tentou alertá-la, mas sem sucesso. Ela agarrou o ganso e ficou grudada em outra pena. A terceira irmã, depois de esperar muito tempo lá embaixo, por fim resolveu subir. As outras imploraram que, pelo amor dos céus, não se aproximasse do ganso, mas ela não lhes deu ouvidos e, com vontade de ficar com uma pena, também ficou grudada.

Na manhã seguinte, Simplório pôs seu ganso debaixo do braço e foi embora. As três moçoilas estavam presas com firmeza e precisaram ir com ele. Atravessando o campo, encontraram o reverendo:

— Mas, ora, meninas indecentes! Correndo atrás de rapazes em público. Que vergonha!

Então ele agarrou uma delas pela mão, tentando puxá-la para trás, mas ao tocá-la também ficou preso e precisou ir atrás do grupo. Pouco tempo depois, apareceu o sacristão:

— Olá, senhor reverendo, aonde vai com tanta pressa?

O sacristão adiantou-se até o reverendo, segurou o cotovelo dele e também ficou grudado.

Enquanto os cinco marchavam alinhados, dois pastores vinham do campo com suas enxadas. O reverendo chamou por eles, pedindo ajuda para se desgrudar, mas mal tocaram no sacristão e já estavam grudados. Agora eram sete que andavam atrás de Simplório e seu ganso.

Chegou, então, a uma cidade governada por um rei que tinha uma filha que era tão séria que ninguém conseguia fazê-la rir. Por isso, o rei decretou que quem conseguisse fazê-la rir iria se casar com ela. Simplório, ao saber disso, pôs-se diante da filha do rei com seu ganso e as pessoas que faziam as vezes de penduricalhos. Quando a princesa viu aquela mixórdia, começou a gargalhar sem parar e sem nenhum pudor.

Agora, ela seria a noiva de Simplório, mas o rei impôs todo tipo de objeções e disse que, primeiro, ele deveria trazer um homem que fosse capaz de beber toda uma adega de vinho. Simplório partiu para a floresta e foi ao mesmo ponto onde havia derrubado a árvore. Lá, viu um homem sentado, que tinha uma expressão de agonia. Simplório perguntou-lhe o que o perturbava tanto.

— Ai! Estou com tanta sede e não consigo beber o suficiente. Esvaziei um tonel de vinho, mas foi como uma gotinha caindo em pedra quente.

— Posso lhe ajudar com isso — disse Simplório. — Venha comigo que vai se saciar.

Então levou o homem até a adega do rei. O homem se lançou sobre aqueles tonéis gigantescos e bebeu até os lábios doerem. E, antes de o dia acabar, havia secado toda a adega. Simplório exigiu sua noiva, mas o rei se irritou com o fato de que um rapaz desvalido, que todos tratavam por simplório, ficasse com sua filha e impôs novas condições: primeiro, ele deveria conseguir um homem que fosse capaz de devorar uma montanha de pães. Simplório voltou para a floresta e viu no local da árvore um homem que apertava a barriga com um cinto e fazia uma cara pavorosa. O homem disse:

— Comi toda uma fornada de pãezinhos, mas isso só aumentou minha fome. Não tenho nada na barriga agora e preciso apertá-la com um cinto para não morrer de fome.

Ao ouvir isso, Simplório ficou feliz e disse:

— Levante-se daí e venha comigo. Vai comer até se saciar.

Levou-o até o rei, que havia juntado toda a farinha do reino e ordenado que assassem uma montanha monstruosa de pães. O homem da floresta parou diante do monte e, em um dia e uma noite, ele desapareceu. Simplório exigiu sua noiva uma vez mais, mas o rei buscou outro subterfúgio e pediu um navio que pudesse navegar tanto na terra quanto na água. Se ele conseguisse isso, teria a princesa na mesma hora. Simplório foi de novo para a floresta. Lá estava sentado o homenzinho cinzento a quem dera o bolo. Ele disse:

— Por tua causa, bebi e comi. Dar-te-ei também o navio. Faço isso porque foste caridoso comigo.

Então ele deu a Simplório o navio que navega na terra e na água e, quando o rei viu aquilo, precisou dar a mão da filha. Celebraram o casamento, e Simplório herdou o reino e viveu feliz por muito tempo com sua esposa.

IRMÃOS GRIMM
HISTÓRIAS SECRETAS

✶ 1812 KHM 75A ✶

A AVE FÊNIX

Vogel Phönix

Um garoto é encontrado dentro de um caixão, mas aquele que o encontra não fica feliz em adotá-lo. O destino reserva ao menino muitas desventuras e talvez ele possa receber alguma ajuda para vencê-las.

CERTO DIA, UM HOMEM MUITO RICO passeava pelas margens de um rio. De repente, surgiu um pequeno caixão flutuando. Ele pegou o caixão e levantou a tampa. Dentro dele havia um menininho deitado. O homem levou o menino e criou-o em sua casa.

O pai adotivo, contudo, não gostava da criança, e certa vez fez com que ele o acompanhasse em uma canoa descendo o rio. Quando estavam no meio dele, o homem deu um salto e correu para a terra, deixando o menino sozinho na embarcação. E a canoa continuou descendo o rio até passar por um moinho. O moleiro viu o menino e o resgatou, levou-o para casa e cuidou dele.

Um dia, o primeiro pai adotivo estava nas proximidades

daquele moinho, reconheceu o menino e levou-o embora. Não demorou muito, deu ao jovem uma carta que deveria ser entregue a sua esposa, onde se lia: "*O portador desta missiva deve ser morto de imediato*". No meio do caminho, contudo, o jovem se deparou com um velho na floresta, que lhe falou:

— Deixe-me ver esta carta em sua mão.

Então ele pegou a carta, virou-a de um lado para o outro e devolveu-a. Agora, ela dizia: "*Ao portador desta missiva deve ser dada a mão de nossa filha de imediato!*". E assim foi feito, só que quando o pai adotivo soube disso, ficou roxo de raiva e disse:

— Não tão rápido. Antes que eu entregue minha filha, você deve me trazer três penas da ave fênix.

O garoto pôs-se à procura da ave fênix e, no mesmo ponto da floresta, encontrou-se com o mesmo velho de antes, que lhe falou:

— Siga adiante o dia todo. Ao anoitecer, chegará a uma árvore; lá estão pousadas duas pombas que lhe darão mais informações!

Ao anoitecer, ele chegou à árvore e viu as duas pombas pousadas. A primeira falou:

— Quem deseja chegar à ave fênix deve andar o dia todo e à noite chegará a um portão trancado.

A outra pomba falou:

— Debaixo desta árvore, há uma chave de ouro que destranca o portão.

Então, ele encontrou a chave e destrancou o portão. Do lado de dentro havia dois homens sentados, e o primeiro deles falou:

— Quem busca pela ave fênix deve seguir um longo caminho pelo alto da montanha e, por fim, chegará ao castelo.

No anoitecer do terceiro dia, ele enfim chegou ao castelo. Lá, viu uma donzela toda de branco, que lhe falou:

— O que desejas aqui?

— Ai, eu gostaria de obter três penas da ave fênix.

Ela retrucou:

— Tua vida corre perigo. A ave te devora inteiro, até tua pele e cabelo, se te encontra aqui. Mas verei se posso te ajudar a conseguir as três penas. Todos os dias, a ave vem até aqui, e eu preciso penteá-la com um pente fino. Rápido, esconde-te sob a mesa coberta por esta toalha.

No mesmo instante, a ave fênix chegou, pousou sobre a mesa e falou:

— Farejo; farejo carne humana!

— Ai, como assim, como podes ver, não há ninguém aqui!

— Venha me pentear — disse a ave.

A donzela de branco penteou a ave, e ela dormiu. Assim que caiu em um sono profundo, a donzela pegou uma pena, arrancou-a e jogou-a debaixo da mesa. Isso acordou a ave:

— Por que me perturba? Sonhei que uma pessoa vinha e me arrancava uma pena.

Mas ela tranquilizou a ave, e tudo aconteceu da mesma forma uma segunda e uma terceira vez. Quando o jovem estava com as três penas, partiu para casa e recebeu sua noiva.

174

IRMÃOS GRIMM
HISTÓRIAS SECRETAS

✷ 1812 KHM 74A ✷

A HISTÓRIA DE JOÃO E GASPAR BICAS

Von Johannes-Wassersprung und Caspar-Wassersprung

Nascidos de uma princesa isolada e de uma fonte de água milagrosa, os gêmeos não sabem o que os espera no mundo lá fora, muito menos como será a vida caso tenham que se separar um dia.

U M REI INSISTIA QUE SUA FILHA NÃO DEveria se casar e mandou construir na parte mais isolada da floresta uma casa onde ela iria morar com suas aias e não veria mais ninguém. Perto da casa, na floresta, havia uma fonte com propriedades milagrosas. Dela bebeu a princesa e, em seguida, deu à luz dois príncipes, que dali em diante ficaram conhecidos como João e Gaspar Bicas. Um era igualzinho ao outro.

O avô deles, o rei, cuidou para que aprendessem a caçar, e os dois cresceram belos e fortes. Chegou o momento, então, em que precisariam ir para o mundo. Cada um herdou uma estrela prateada, um cavalo e um cachorro, que foram viajar com eles. Primeiro, chegaram a uma floresta; lá viram ao mesmo tempo duas lebres e quiseram alvejá-las. Porém, as lebres imploraram por misericórdia e disseram que seriam servas deles e que poderiam ser muito úteis sempre que se vissem em apuros. Os irmãos pouparam as lebres e tomaram-nas a seu serviço. Pouco tempo depois, apareceram dois ursos, e quando os irmãos miraram neles, os ursos imploraram da mesma forma por suas vidas e juraram fidelidade a eles. E assim a comitiva foi aumentando. Chegaram a uma bifurcação e falaram:

— É melhor nos separarmos. Um vai pela direita, e o outro segue pela esquerda!

Mas cada um meteu uma faca em uma árvore que ficava na bifurcação. Pela ferrugem, poderiam saber como o outro estava e se ainda vivia. Então se beijaram, despediram-se e cada um seguiu seu caminho.

João Bicas foi parar em uma cidade triste, que se encontrava em completo silêncio, pois a princesa deveria ser sacrificada para um dragão que estava destruindo toda a região e que ninguém era capaz de deter. Foi decretado que quem estivesse disposto a arriscar a vida para matar o dragão receberia a princesa em casamento, mas ninguém se voluntariou. Tentaram enganar o monstro enviando a camareira da princesa no lugar dela, mas ele percebeu a troca no mesmo instante e não caiu no ardil. João Bicas pensou: *Você precisa colocar sua sorte à prova, talvez tenha sucesso.* E seguiu com sua comitiva até o covil do dragão.

A batalha foi violenta: o dragão cuspia fogo e labaredas, queimando todo o gramado ao redor. João Bicas com certeza morreria não fosse pela lebre, o cão e o urso, que apagaram o fogo e umedeceram a grama. Por fim, o dragão teve de se render, e João Bicas decepou as sete cabeças e cortou as línguas, guardando-as consigo. Mas ele estava tão cansado que se deitou naquele mesmo lugar e dormiu. Enquanto dormia, veio o cocheiro da princesa, e vendo aquele homem lá deitado ao lado de sete cabeças de dragão, pensou que poderia se aproveitar daquilo, matou João Bicas a punhaladas e levou as sete cabeças de dragão embora. Então foi até o rei e disse que havia matado o monstro; trazia as sete cabeças como prova e exigiu que a princesa fosse sua noiva.

Enquanto isso, os animais de João Bicas, que após a batalha se recolheram nas cercanias e também dormiram, retornaram e encontraram seu senhor morto. Então, viram como as formigas, que durante a batalha tiveram seus formigueiros pisoteados, ungiam seus mortos com a seiva de uma árvore próxima e como eles voltavam à vida no mesmo instante. O urso pegou um pouco da seiva e esfregou em João Bicas, e ele começou a se recuperar e, em pouco tempo, já estava firme e forte por completo. Ele só pensava na princesa por quem havia lutado e correu para a cidade, onde o casamento já estava sendo celebrado com o cocheiro que, dizia o povo, havia abatido o dragão de sete cabeças.

O cachorro e o urso foram até o castelo, onde a princesa pendurou em seus pescoços carne assada e vinho e ordenou aos convidados que seguissem os animais e convidassem o dono deles para o casamento. Então João

Bicas foi ao casamento e, assim que chegou, levaram até ele a bandeja com as sete cabeças de dragão que o cocheiro havia trazido. João Bicas retirou as sete línguas de sua algibeira e colocou-as sobre a mesa. Então foi reconhecido como o legítimo matador de dragões e tornou-se marido da princesa. O cocheiro foi banido da cidade.

Não muito depois, ele saiu para caçar e estava perseguindo um cervo com chifres prateados. Foi atrás dele por muito tempo, mas não conseguia alcançá-lo de jeito nenhum. Até que se deparou com uma velha que o transformou, junto ao cachorro, o cavalo e o urso, em pedra. Ao mesmo tempo, Gaspar Bicas foi até a árvore, onde o irmão e ele haviam encravado suas facas, e viu que a lâmina do irmão estava enferrujada. No mesmo instante, decidiu procurar por ele. Mais adiante, encontrou a cidade onde a esposa de seu irmão vivia. Por serem muito parecidos, ela o tomou por seu legítimo esposo e alegrou-se com seu retorno, insistindo para que ficasse. Mas Gaspar Bicas continuou até encontrar o irmão e sua comitiva transformados em pedra. Ele obrigou a mulher a retirar o feitiço. Assim, seguiram os dois irmãos de volta para o lar e, no meio do caminho, decidiram que o marido da princesa seria aquele que ela abraçasse pelo pescoço primeiro. E este foi João Bicas.

IRMÃOS GRIMM
HISTÓRIAS SECRETAS

✱ 1812 KHM 60A ✱

O OVO DE OURO

Das Goldei

*Três crianças em situação de miséria encontram um tesouro e enriquecem.
Porém, uma proposta pode mudar o rumo da vida de sua irmã.*

ERA UMA VEZ DOIS MENINOS POBRES QUE VIviam de fabricar vassouras e ainda tinham uma irmã caçula para sustentar. A situação era de privação e miséria para os três. Todos os dias, os irmãos tinham de ir até a floresta juntar ramos, e quando as vassouras estavam prontas, eram vendidas pela irmãzinha.

Certa vez, lá foram eles para a floresta, e o mais jovem subiu em uma árvore, uma bétula, com a intenção de cortar alguns galhos. No alto, encontrou um ninho, e dentro dele viu um passarinho preto com algo reluzindo entre as penas. Uma vez que o passarinho não voava nem parecia ressabiado, o menino afastou as penas e encontrou um ovo dourado. Ele pegou o ovo e desceu da árvore. Os irmãos se alegraram com a descoberta e foram direto até o ourives, que lhes disse que aquele era um ouro de qualidade e que lhes daria dinheiro por ele.

Na manhã seguinte, voltaram para a floresta e encontraram mais um ovo de ouro, que o dócil passarinho deixou que recolhessem da mesma forma que o primeiro. Foi assim por um longo tempo; todas as manhãs, buscavam um ovo de ouro, e logo já estavam ricos.

Contudo, certa manhã, o pássaro lhes disse:

— A partir de agora, não vou botar mais ovos. Porém, levem-me até o ourives, que isso lhes trará fortuna.

Os meninos vassoureiros fizeram como dito e levaram o pássaro para o ourives. E, quando o pássaro estava sozinho com ele, disse:

— *Quem meu coração comer, / Logo rei irá ser, / Quem meu fígado degustar, / Sob o travesseiro, a cada manhã, um saco de ouro irá encontrar!*

Depois que ouviu isso, o ourives chamou os dois meninos e disse:

— Deixem-me ficar com o pássaro que me casarei com sua irmãzinha.

Os dois concordaram e já foram preparar o casamento. Porém, o ourives falou:

— Quero comer o pássaro no meu casamento. Vocês dois, assem a ave no espeto, mas tenham cuidado para não a despedaçar, e tragam para mim assim que a refeição estiver pronta.

Ele pretendia arrancar o coração e o fígado e comer. Os dois irmãos colocaram o pássaro no espeto e começaram a girar. Enquanto giravam e o pássaro já estava quase assado, um pedacinho caiu.

— Ai — exclamou um deles —, preciso provar isso!
E comeu. Logo depois, mais um pedacinho caiu.

— Esse é meu — disse o outro irmão, e foi lá provar.

Só que o que eles comeram eram o coraçãozinho e o figadozinho do pássaro, sem saber da sorte que trariam.

Assim que o pássaro estava assado, eles o levaram para a mesa do casamento. O ourives o destrinchou, pretendendo comer o coração e o fígado, mas ambos haviam sumido. Então ele ficou muito bravo e gritou:

— Quem foi que comeu o coração e o fígado do pássaro?

— Fomos nós que comemos — disseram os irmãos. — Dois pedacinhos caíram enquanto o virávamos, e nós pegamos.

— Já que comeram o coração e o fígado, podem ficar com sua irmã!

E com muita raiva expulsou todos.

IRMÃOS GRIMM
HISTÓRIAS SECRETAS

✶ 1815 KHM 143A ✶

AS FILHAS DA FOME

Die Kinder in Hungersnot

*O desespero causado pela fome pode levar uma mãe
a ter pensamentos inimagináveis.*

Era uma vez uma mulher com duas filhas que viviam em tamanha pobreza que não tinham nem mais um pedaço de pão para colocar na boca. Quando a fome estava muito grande, a mãe, que já estava fora de si, caiu em desespero e falou para a mais velha:

— Preciso matar você para que eu tenha o que comer.

A filha respondeu:

— Ai, mãezinha querida. Poupe-me, e vou lá fora ver se consigo o que comer sem mendigar.

Então ela saiu e voltou trazendo um pedacinho de pão, que as três dividiram. Contudo, era muito pouco para aplacar a fome.

A mãe, por conseguinte, falou para a outra filha:
— Você precisa morrer, então.
Mas ela respondeu:
— Ai, mãezinha querida. Poupe-me, e vou lá fora ver se consigo alguma coisa para comer sem que ninguém me perceba.

E lá foi ela, e voltou trazendo dois pedacinhos de pão. Elas dividiram o pão, mas era muito pouco para aplacar a fome. Depois de algumas horas, a mãe voltou a lhes dizer:
— Vocês precisam morrer, senão vamos definhar.
Então elas responderam:
— Querida mãezinha, vamos nos deitar e dormir, e não vamos acordar até o dia do Juízo Final.

Então se deitaram e caíram em um sono profundo, e não podiam ser acordadas por ninguém. A mãe foi embora, e ninguém nunca soube aonde ela foi parar.

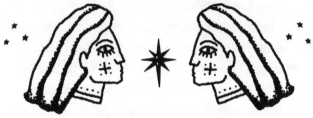

IRMÃOS GRIMM
HISTÓRIAS SECRETAS

✶ 1843 KHM 182A ✶

A PRINCESA DA ERVILHA

Die Erbsenprobe

Somente algo tão sutil quanto uma ervilha embaixo de diversos colchões pode dar ao príncipe a resposta que ele precisa sobre aquela que deverá ser sua esposa. Conto popular*.

ERA UMA VEZ UM PRÍNCIPE QUE QUERIA SE casar com uma princesa. Mas ela precisava ser uma princesa de verdade. Então ele viajou o mundo procurando uma do tipo, mas em todos os lugares alguma coisa estava faltando. Princesas havia aos montes, mas princesas de verdade ele não conseguia encontrar. Sempre havia algo que não estava nos conformes. Então voltou para casa muito triste, mas ainda ansiava por uma princesa de verdade.

---

* Conhecidamente publicado pela primeira vez por Hans Christian Andersen em 1835. Os Grimm, então, republicaram como uma versão.

Uma tarde, o tempo estava horrível. Relampejava e trovejava, chovia a cântaros e era bem assustador. Bateram, então, às portas da cidadela, e o velho rei foi lá abri-las.

Do lado de fora, encontrava-se uma princesa. Ah, mas como estava a aparência dela com toda aquela chuva e mau tempo! A água escorria pelos cabelos e roupas, entrava pela boca dos sapatos e escorria para fora pelos calcanhares. Mas ela dizia que era uma princesa de verdade.

Isso nós vamos descobrir, pensou a velha rainha, sem dizer nada, porém. Foi até o quarto, retirou toda a roupa de cama e os colchões e colocou uma ervilha no estrado da cama. Pegou então vinte colchões e colocou-os por cima da ervilha e colocou mais vinte cobertores sobre os colchões.

A princesa precisou passar toda a noite ali. Pela manhã, perguntaram-lhe se havia dormido bem.

— Ai, muito mal — respondeu a princesa. — Quase não fechei os olhos a noite toda! Só Deus sabe o que tinha na minha cama. Deitei-me sobre alguma coisa dura, de modo que meu corpo ficou todo roxo e dolorido. Foi terrível.

Assim, souberam que era uma princesa de verdade, pois ela sentiu a ervilha mesmo com vinte colchões e vinte cobertores por cima. Ninguém além de uma princesa de verdade poderia ser tão sensível.

Então o príncipe tomou-a como esposa, pois soube que havia encontrado uma princesa de verdade. E a ervilha foi para o salão de exposições, onde ainda pode ser vista, já que ninguém a roubou.

Viu só, isso que é uma história de verdade!

IRMÃOS GRIMM
HISTÓRIAS SECRETAS

✶ 1815 KHM 122A ✶

O NARIGÃO

Die lange Nase

Três soldados acumulam presentes mágicos que lhes rendem muitos benefícios, mas uma princesa esperta promete colocar tudo o que eles conquistaram em risco.

ERA UMA VEZ TRÊS VELHOS SOLDADOS NA reserva. Eles eram tão, mas tão velhos, que não conseguiam comer nem pudim de leite, então o rei os dispensou sem lhes conceder nenhuma pensão. Por isso, não tinham do que viver e precisaram mendigar. Um dia, atravessavam juntos uma floresta tão grande que não conseguiam ver onde terminava. Quando anoiteceu, dois deles se deitaram e o terceiro deveria ficar de guarda para evitar que os animais selvagens os atacassem. Quando os dois já estavam dormindo e o terceiro em posição de guarda, chegou um homenzinho vestido de vermelho e disse:

— Quem está aí?

— Bons camaradas — respondeu o soldado.

— Que tipo de bons camaradas?

— Três velhos soldados na reserva, que não têm nada do que viver.

Então o homenzinho falou para o soldado ir até ele. Disse que tinha algo para lhe dar e que se cuidassem bem daquilo teriam o suficiente para viver. O soldado foi até o homenzinho, que lhe deu de presente um velho manto que tornaria realidade tudo aquilo que desejasse enquanto o vestisse. Ele só não poderia dizer nada a seus camaradas até o amanhecer. Assim que raiou o dia e os companheiros acordaram, ele explicou o que havia acontecido, e os três voltaram a viajar até a segunda noite. E, quando se deitaram para dormir, o segundo soldado precisou ficar acordado em posição de vigia. Então o homenzinho de vermelho chegou e disse:

— Quem está aí?

— Bons camaradas.

— Que tipo de bons camaradas?

— Três velhos soldados na reserva.

Então o homenzinho o presenteou com uma bolsinha que nunca ficaria sem dinheiro, não importava o quanto se tirasse dela. Só que ele não poderia contar nada a seus camaradas até o amanhecer.

Lá foram eles pelo terceiro dia atravessando a floresta e, à noite, o terceiro soldado precisou ficar de guarda. O homenzinho de vermelho voltou e disse:

— Quem está aí?

— Bons camaradas.

— Que tipo de bons camaradas?

— Três velhos soldados na reserva.

Então o homenzinho de vermelho o presenteou com uma corneta que dava àquele que a soprasse o poder de reunir todos os exércitos. De manhã, cada um já tinha recebido um presente. O primeiro vestiu seu manto e desejou que saíssem da floresta onde se encontravam naquele mesmo instante. Foram parar em uma estalagem e pediram a melhor comida e a melhor bebida que o estalajadeiro tinha para servir. Depois que terminaram de comer e beber, pagaram tudo com o dinheiro da bolsinha sem pechinchar um centavo com o estalajadeiro.

Como estavam cansados da viagem, aquele que tinha a bolsinha falou com o que era dono do manto:

— Queria que você desejasse um castelo para nós. Temos dinheiro suficiente para vivermos como príncipes.

Então ele desejou um castelo, e no mesmo instante ele surgiu, e tudo pertencia aos três. Depois de um tempo vivendo lá, o do manto desejou uma carruagem com três garanhões brancos. Queriam viajar de um reino a outro se passando por três príncipes.

E lá foram eles seguidos por um enorme séquito de lacaios, que parecia bem apropriado à corte de um rei. Viajaram até um rei que tinha uma única filha e se fizeram anunciar, e na mesma hora foram recebidos à mesa e convidados a passar a noite.

Divertiram-se muito e, depois que comeram e beberam, começaram a jogar baralho, o que agradava muito a princesa. Ela jogou com o soldado que tinha a bolsa. Ela viu que, por mais que ganhasse dele, a bolsa nunca ficava vazia, e foi então que percebeu que a bolsinha deveria ser encantada. Então ela disse que ele deveria estar com calor depois de tanto jogar e que seria melhor beber um pouco.

Serviu-lhe vinho com uma poção de sono. Mal tinha bebido do vinho, o soldado caiu no sono. Ela levou-o para o quarto, pegou a bolsinha e trocou por outra idêntica, que também tinha um pouco de dinheiro dentro. Na manhã seguinte, ele gastou um pouco do dinheiro que estava na bolsa, tentou pegar mais e viu que estava vazia e que continuava assim. Então falou:

— A princesa trocou minha bolsa por uma falsa. Agora estamos pobres!

Então o que tinha o manto falou:

— Não esquente a cabeça com isso. Trago ela de volta num instante.

Ele vestiu o manto e desejou estar no quarto da princesa. Na mesma hora, foi parar lá. Ela estava sentada no quarto contando o dinheiro que tinha tirado da bolsinha. Quando viu o soldado, gritou que havia um ladrão no quarto, e o grito foi tão alto que toda a corte correu para prendê-lo. Na pressa, ele pulou pela janela, mas também perdeu o manto, que ficou lá, pendurado. Assim que os três se reuniram, não tinham nada além da corneta. Aquele que a possuía falou:

— Vou ajudá-los. Vamos começar uma guerra.

E ele soprou a corneta, ao que hussardos e cavaleiros surgiram. Eram tantos que não podiam ser contados. Então ele os enviou até o rei e disse que, se a bolsa e o manto não fossem devolvidos, não restaria pedra sobre pedra daquele castelo. O rei falou com a filha, dizendo que ela deveria devolver aqueles bens antes que um infortúnio muito grande se abatesse sobre eles. Ela ouviu e falou que queria tentar uma coisa antes. Então ela se vestiu como se fosse uma menina pobre, pegou uma cestinha e partiu para o acampamento para vender bebidas. Sua camareira foi com ela.

Quando chegaram ao meio do acampamento, ela começou a cantar de forma tão bela que todo o exército se reuniu ali. E o dono da corneta também correu até o local para ouvir. Assim que a princesa o viu, fez um sinal para a camareira, que se embrenhou na tenda dele, pegou a corneta e correu com ela de volta para o castelo. A princesa para lá retornou e agora tinha todos os objetos, e os três camaradas precisaram voltar a mendigar.

Assim, foram embora. Um deles falou, aquele que fora dono da bolsinha:

— Sabem de uma coisa? Não podemos mais ficar juntos. Vocês vão por ali, eu sigo por aquele lado.

Foi-se embora sozinho e chegou a uma floresta, e como estava muito cansado, deitou-se sob uma árvore para dormir um pouco. Quando acordou e olhou ao redor, viu uma linda macieira, de onde pendiam maçãs esplendorosas. Com fome, pegou uma e comeu. Depois pegou mais uma. Então seu nariz começou a crescer e crescer, e ficou tão grande que ele não conseguia mais ficar de pé. O nariz se estendeu por toda a floresta e por uns dez quilômetros além. Os camaradas meteram o pé na estrada, mas decidiram ir atrás dele, já que se viravam melhor como sócios, porém não conseguiam encontrá-lo. Um deles tropeçou e pisou em algo macio:

Opa! O que pode ser isso?, pensou, então observou a coisa e viu que era um nariz.

Decidiram seguir o nariz e, por fim, encontraram o camarada, que estava caído na floresta sem conseguir se levantar ou se mover. Então pegaram uma vara e enrolaram o nariz nela. Pretendiam usar a vara para erguer o nariz e carregá-lo, mas era muito pesado. Aí foram procurar um burro na floresta, colocaram o soldado e o narigão com duas varas sobre o burro e partiram, mas, quando chegaram a um canto, ele estava tão pesado que precisaram parar para descansar. Enquanto isso, viram que havia uma árvore ao lado deles, de onde pendiam lindas peras. E, de trás da árvore, o homenzinho de vermelho apareceu e disse ao narigudo que se ele comesse uma das peras, o nariz cairia. Ele comeu uma e no mesmo instante caiu o narigão, e então ele não estava mais imobilizado. Depois disso, o homenzinho de vermelho lhe disse:

— Colha as maçãs e as peras e faça pó com as duas. A quem você der o pó da maçã, o nariz crescerá. E se der o pó da pera, o nariz cairá. Então disfarce-se de médico e dê à princesa uma maçã com um pouco do pó. O nariz dela vai crescer até vinte vezes mais do que o seu. Mas tome cuidado.

Ele colheu as maçãs e foi até a corte real, onde, de início, fingiu ser um ajudante de jardineiro. Ele disse que tinha uma variedade de maçãs que não nascia em lugar nenhum do reino. Quando a princesa ouviu isso, implorou ao pai que a deixasse comprar algumas maçãs. O rei falou:

— Compre quantas quiser.

Ela comprou e comeu uma, e era tão saborosa que ela pensou ser a coisa mais gostosa que já comera em toda a vida. Então comeu mais uma. Enquanto fazia isso, o ajudante de jardineiro foi embora. Depois disso, o nariz da princesa começou a crescer, e cresceu tanto que ela não conseguia mais se levantar da poltrona e estatelou-se no chão. O nariz cresceu cinquenta e cinco metros em volta da mesa, mais cinquenta e cinco em volta do armário e quase cem saindo

da janela e em volta do castelo, e mais uns trinta quilômetros atravessando a cidade. Ela ficou lá, caída, sem poder se levantar ou se mover, e nenhum médico do reino foi capaz de ajudá-la. O rei decretou que daria muito dinheiro a quem encontrasse algum estrangeiro capaz de ajudar a filha. Então veio o velho soldado disfarçado de doutor:

— Foi a vontade de Deus que eu estivesse aqui para ajudar.

Então ele lhe deu pó de maçã. O nariz voltou a crescer e ficou ainda maior. De noite, ele lhe deu pó de pera, e o nariz diminuiu um pouco, mas não muito. No dia seguinte, deu-lhe mais pó de maçã. Queria deixá-la com medo para castigá-la. O nariz voltou a crescer, até mais do que tinha diminuído no dia anterior. Por fim, ele disse:

— Graciosa princesa, Vossa Alteza deve ter roubado alguma coisa. Se não devolver, não haverá solução para seu caso.

Ao que ela respondeu:

— Não sei de nada.

— Se é assim, meu pó vai curá-la, mas se tiver alguma coisa a devolver, vai morrer com um narigão.

Então disse o velho rei:

— Dê-lhe a bolsa, o manto e a corneta que roubou. Do contrário, seu nariz nunca mais encolherá.

Então a camareira entregou as três peças, e ele deu o pó de pera para a princesa. O narigão caiu, e duzentos e cinquenta homens foram necessários para recolher todos os pedaços. O soldado voltou para seus camaradas com a bolsa, o manto e a corneta. E os três desejaram de novo um castelo, onde deveriam estar sentados em seus tronos, aproveitando a casa.

IRMÃOS GRIMM
HISTÓRIAS SECRETAS

✶ 1815 KHM 99A ✶

O SAPO PRÍNCIPE

Der Froschprinz

Três princesas recebem uma proposta de um inocente sapo em troca de água cristalina, mas apenas uma irá aceitar. As outras duas talvez não compreendam bem o que perderam, até o final da história.

ERA UMA VEZ UM REI QUE TINHA TRÊS FILHAS. Só que no reino havia um poço cuja água era bela e cristalina, e em um dia quente de verão, a filha mais velha desceu até o poço e encheu um copo d'água. Porém, quando ela colocou o copo contra o sol, viu que a água estava turva. Isso era muito incomum, então ela tentou encher outro copo e, nesse instante, um sapo se remexeu na água, levantou a cabeça e, por fim, saltou até a borda do poço, dizendo:

— *Se te tornares minha querida, / Da água mais cristalina serás servida.*

— Eca! Quem iria querer se tornar a querida de um sapo nojento? — respondeu a princesa e foi embora.

Ela avisou às irmãs que no fundo do poço havia um

sapo portentoso que deixava a água turva. Isso deixou a segunda filha curiosa. Ela desceu e encheu um copo d'água, que também veio turva, e ela não pôde beber. Mas o sapo, da mesma maneira, voltou à beira do poço e disse:

— *Se te tornares minha querida, / Da água mais cristalina serás servida.*

— Credo! Acha que eu mereço isso? — disse a princesa e foi embora.

Por fim, a terceira veio e encheu um copo d'água, que não veio muito melhor que os demais. O sapo também falou com ela:

— *Se te tornares minha querida, / Da água mais cristalina serás servida.*

— Está certo. Serei tua querida — respondeu a princesa —, só me dê água pura.

Mas ela estava pensando: *Que mal ele pode me fazer? Posso falar com ele como quiser. Um sapo bobo nunca vai se tornar meu amado.*

O sapo voltou a pular na água e, quando a princesa pegou e encheu outro copo, a água estava tão clara que o sol brilhava de alegria sobre ela. Ela bebeu no mesmo instante e ainda levou para as irmãs:

— Por que foram tão bobas e ficaram com medo daquele sapo?

Depois disso, a princesa não pensou mais no assunto e foi para a cama, satisfeita. Um pouquinho depois, ainda acordada, ouviu algo batendo à porta e cantando:

— *Abre! Abre! / Donzela, filha do rei / Não sabes mais do que me disseste / Quando me viste sentado na beira do poço? / Que te tornarias minha querida, / E então da água mais cristalina foste servida.*

— Oh, é o meu querido, o sapo — disse a princesa. — Como lhe dei minha palavra, preciso abrir a porta.

Então ela se levantou, abriu só uma frestinha da porta e voltou a se deitar. O sapo saltou atrás dela e saltou de novo até a cama, onde se deitou aos pés dela. A noite passou e a aurora chegou, e o sapo pulou da cama e saiu pela porta. Na noite seguinte, quando a princesa já estava na cama, ele bateu à porta e voltou a cantar. A princesa a abriu, e o sapo ficou a seus pés de novo até o raiar do dia. Na terceira noite, ele retornou, como fizera antes.

— Esta é a última vez que abro a porta — avisou a princesa. — No futuro, não abrirei mais.

Então o sapo pulou embaixo do travesseiro dela, e a princesa dormiu. Quando ela acordou pela manhã e acreditou que veria o sapo indo embora a saltitar, lá estava um jovem e belo príncipe na sua frente, que disse que havia sido transformado em sapo e que ela havia quebrado o feitiço quando prometeu ser sua querida. Então foram ambos até o rei, que lhes concedeu sua benção e mandou celebrar o casamento. As outras irmãs ficaram com raiva por não terem aceitado ser as queridas do sapo.

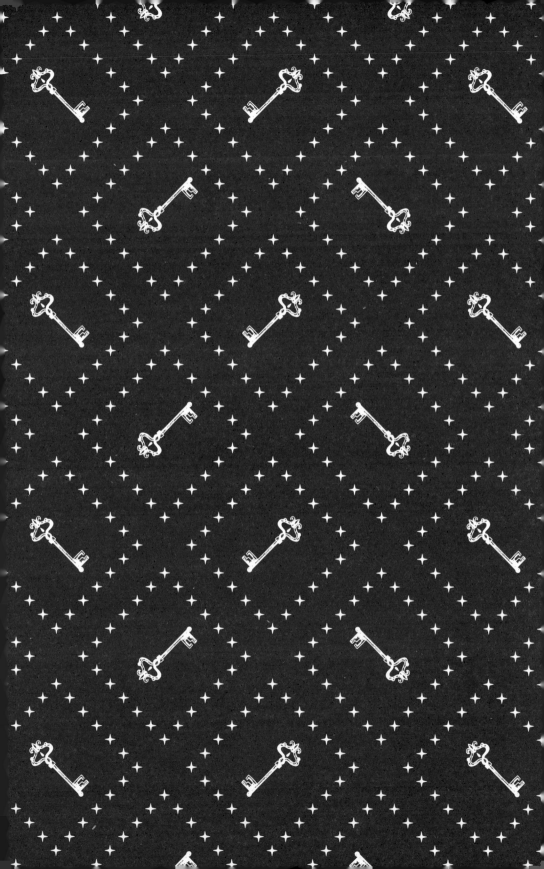

FRAGMENTOS

TRECHOS DE CONTOS
NÃO FINALIZADOS

FLOR-DE-NEVE

Schneeblume

FRAGMENTO 85A

A JOVEM FILHA DE UM REI CHAMAVA-SE FLOR-DE--Neve, porque era branca como a neve e havia nascido no inverno. Um dia, a mãe dela ficou doente, e a moça se embrenhou na floresta para colher ervas medicinais, quando então se aproximou de uma grande árvore; do alto dela, surgiu um enxame de abelhas que cobriu todo o corpo da jovem, da cabeça aos pés. Porém, o enxame não picava nem fazia mal à princesa, apenas trazia mel para seus lábios, e todo o corpo dela irradiava a mais perfeita beleza.

O BOM TRAPO*

Das gute Pflaster

FRAGMENTO 85D

DUAS JOVENS TECELÃS NÃO HERDARAM NADA ALÉM de um bom e velho tecido que fazia dinheiro. Elas usavam esse dinheiro para viver, complementando os ganhos como costureiras. Uma das irmãs era muito inteligente, a outra, muito burra.

Certo dia, enquanto a mais velha estava na igreja, um homem veio até a irmã burra:

---

* No manuscrito original e na primeira versão impressa, esse fragmento traz o título *Das gute Pflaster* (O bom tecido). Mais tarde, foi renomeado para *Der gute Lappen* (O bom trapo). [N.T.]

— Vendo tecidos lindos e novinhos, ou troco por tecidos velhos. Você não teria algum para trocar?

Então lá foi a burra e deu ao homem o tecido velho em troca de uma nova peça, e o tal comerciante sabia dos poderes do velho tecido.

Quando a irmã mais velha chegou em casa, disse:

— Nossa costura não está indo muito bem, preciso fazer um pouco de dinheiro. Onde está nosso tecido?

— Tenho coisa melhor — respondeu a irmã burra. — Enquanto você estava fora, troquei nosso tecido por outro novinho em folha!

[...] (Tempos depois, o homem se transformou em um cachorro e as duas jovens, em galinhas. Por fim, as galinhas voltaram a ser pessoas e espancaram o cachorro até a morte.)

O CONTO DO PRÍNCIPE JOHANNES

Vom Prinz Johannes

FRAGMENTO 85C

Conta-se de sua peregrinação em desalento e melancolia, de seu voo nas asas do espírito. Conta-se da fortaleza rubra, das diversas provações comoventes que enfrentou por um único vislumbre da bela princesa do sol.

A SOGRA

Die Schwiegermutter*

FRAGMENTO 84A

Era uma vez um rei e uma rainha. A rainha tinha uma sogra que era de amargar de tão malvada. Em uma ocasião, o rei precisou ir para o campo de batalha, e a velha rainha trancou a nora com seus dois filhinhos em um porão úmido. Um dia, ela falou para si mesma:

— Que vontade de comer uma das crianças!

Então chamou seu cozinheiro e disse para ele descer até o porão, pegar uma das crianças, matar e cozinhar.

— Com que tipo de molho? — perguntou o cozinheiro.

— Com um molho marrom — respondeu a velha rainha.

O cozinheiro, então, desceu até o porão e falou:

— Ai, senhora rainha, a velha rainha quer que eu mate e cozinhe um de seus filhos para o jantar desta noite.

Isso deixou a jovem rainha deveras desesperada, e ela respondeu:

— Ai, por que não pega um leitãozinho e cozinha do jeito que ela quer e depois diz que era meu filho?

O cozinheiro assim o fez e trouxe o leitãozinho em molho madeira, dizendo que era uma das crianças, e a sogra comeu com enorme apetite.

Logo depois, a velha pensou: *Aquela carne de criança estava tão gostosa e macia que quero comer também o segundo filho.*

---

* Este fragmento se assemelha a um trecho de *Sol, Lua e Talia*, de Giambattista Basile, que é uma das primeiras versões de *A Bela Adormecida*. O conto está presente no livro *Contos de fadas em suas versões originais*, da Editora Wish.

Ela chamou o cozinheiro e ordenou que descesse até o porão e matasse o segundo filho.

— Devo prepará-lo com que tipo de molho?

— Com um molho branco — respondeu a velha rainha.

O cozinheiro desceu e disse:

— Ai, a velha rainha ordenou que dessa vez eu mate e cozinhe seu segundo filho, o pequenino.

A jovem rainha falou:

— Pegue um leitãozinho que ainda não foi desmamado e cozinhe do jeito que ela gosta.

Assim fez o cozinheiro, e serviu o leitãozinho para a velha com molho branco, e ela comeu tudo com um apetite ainda maior.

Por fim, pensou a velha: *Agora que os meninos estão na minha pança, quero comer a jovem rainha.*

Chamou o cozinheiro e ordenou que cozinhasse a jovem rainha...

[...] (Fragmento: na terceira vez, o cozinheiro abate a fêmea de um cervo. Só que a jovem rainha teve problemas para impedir que seus filhos gritassem, e a velha ouvisse e soubesse que eles ainda estavam vivos, e por aí vai...)

TABELA DE CONTOS, EDIÇÕES E CÓDIGOS

Kinder- und Hausmärchen 1812 a 1857

Título do conto em alemão	1812/1815	1819	1837	1840	1843	1850	1857
Der Froschkönig oder der eiserne Heinrich	1	1	1	1	1	1	1
Katze und Maus in Gesellschaft	2	2	2	2	2	2	2
Marienkind	3	3	3	3	3	3	3
Gut Kegel- und Kartenspiel / Märchen von einem, der auszog das Fürchten zu lernen	4	4	4	4	4	4	4
Der Wolf und die sieben jungen Geißlein	5	5	5	5	5	5	5
Von der Nachtigall und der Blindschleiche	6						
Der gestohlene Heller	7	154	154	154	154	154	154
Die Hand mit dem Messer	8						
Die zwölf Brüder	9	9	9	9	9	9	9
Das Lumpengesindel	10	10	10	10	10	10	10
Brüderchen und Schwesterchen	11	11	11	11	11	11	11
Rapunzel	12	12	12	12	12	12	12
Die drei Männlein im Walde	13	13	13	13	13	13	13
Von dem bösen Flachsspinnen / Die drei Spinnerinnen	14	14	14	14	14	14	14
Hänsel und Gretel	15	15	15	15	15	15	15
Herr Fix und Fertig	16						
Die weiße Schlange	17	17	17	17	17	17	17
Strohhalm, Kohle und Bohne	18	18	18	18	18	18	18
Vom Fischer und seiner Frau	19	19	19	19	19	19	19
Das tapfere Schneiderlein	20	20	20	20	20	20	20

Título do conto em alemão	1812/1815	1819	1837	1840	1843	1850	1857
Aschenputtel	21	21	21	21	21	21	21
Wie Kinder Schlachtens miteinander gespielt haben	22						
Von dem Mäuschen, Vögelchen und der Bratwurst	23	23	23	23	23	23	23
Frau Holle	24	24	24	24	24	24	24
Die drei Raben / Die sieben Raben	25	25	25	25	25	25	25
Rotkäppchen	26	26	26	26	26	26	26
Der Tod und der Gänsehirt	27						
Der singende Knochen	28	28	28	28	28	28	28
Der Teufel mit den drei goldenen Haaren	29	29	29	29	29	29	29
Läuschen und Flöhchen	30	30	30	30	30	30	30
Das Mädchen ohne Hände	31	31	31	31	31	31	31
Der gescheite Hans	32	32	32	32	32	32	32
Der gestiefelte Kater	33						
Hansens Trine	34						
Der Sperling und seine vier Kinder	35	157	157	157	157	157	157
Tischchen deck dich, Goldesel und Knüppel aus dem Sack	36	36	36	36	36	36	36
Von der Serviette, dem Tornister, dem Kanonenhütlein und dem Horn	37						
Die Hochzeit der Frau Füchsin	38	38	38	38	38	38	38
Die Wichtelmänner	39	39	39	39	39	39	39
Der Räuberbräutigam	40	40	40	40	40	40	40
Herr Korbes	41	41	41	41	41	41	41
Der Herr Gevatter	42	42	42	42	42	42	42
Die wunderliche Gasterei	43	43					
Der Gevatter Tod	44	44	44	44	44	44	44
Daumerlings Wanderschaft	45	45	45	45	45	45	45
Fitchers Vogel	46	46	46	46	46	46	46

203 TABELA DE CONTOS, EDIÇÕES E CÓDIGOS

Título do conto em alemão	1812 1815	1819	1837	1840	1843	1850	1857
Vom Machandelbaum	47	47	47	47	47	47	47
Der alte Sultan	48	48	48	48	48	48	48
Die sechs Schwäne	49	49	49	49	49	49	49
Dornröschen	50	50	50	50	50	50	50
Fundevogel	51	51	51	51	51	51	51
König Drosselbart	52	52	52	52	52	52	52
Schneewittchen	53	53	53	53	53	53	53
Hans Dumm	54						
Rumpelstilzchen	55	55	55	55	55	55	55
Der Liebste Roland	56	56	56	56	56	56	56
Der goldene Vogel	57	57	57	57	57	57	57
Der Hund und der Sperling	58	58	58	58	58	58	58
Prinz Schwan	59						
Das Goldei	60						
Von dem Schneider, der bald reich wurde	61						
Blaubart	62						
Die Goldkinder	63	85	85	85	85	85	85
Von dem Dummling	64						
Allerleirauh	65	65	65	65	65	65	65
Hurleburlebutz	66						
Der König mit dem Löwen / Die zwölf Jäger	67	67	67	67	67	67	67
Von dem Sommer- und Wintergarten	68						
Jorinde und Joringel	69	69	69	69	69	69	69
Der Okerlo	70						
Prinzessin Mäusehaut	71						
Das Birnli will nit fallen	72						
Das Mordschloß	73						
Von Johannes-Wassersprung und Caspar-Wassersprung	74						

Título do conto em alemão	1812 1815	1819	1837	1840	1843	1850	1857
Vogel Phönix	75						
Die Nelke	76	76	76	76	76	76	76
Vom Schreiner und Drechsler	77						
Der alte Großvater und der Enkel	78	78	78	78	78	78	78
Die Wassernixe	79	79	79	79	79	79	79
Von dem Tode des Hühnchens	80	80	80	80	80	80	80
Der Schmied und der Teufel	81						
Die drei Schwestern	82						
Das arme Mädchen / Die Sterntaler	83	153	153	153	153	153	153
Die Schwiegermutter	84						
Fragmente	85						
Der Fuchs und die Gänse	86	86	86	86	86	86	86
Der Arme und der Reiche	87	87	87	87	87	87	87
Das singende springende Löweneckerchen	88	88	88	88	88	88	88
Die Gänsemagd	89	89	89	89	89	89	89
Der junge Riese	90	90	90	90	90	90	90
Dat Erdmänneken	91	91	91	91	91	91	91
Der König vom goldenen Berg	92	92	92	92	92	92	92
Die Rabe	93	93	93	93	93	93	93
Die kluge Bauerntochter	94	94	94	94	94	94	94
Der Geist im Glas	95						
De drei Vügelkens	96	96	96	96	96	96	96
Das Wasser des Lebens	97	97	97	97	97	97	97
Doktor Allwissend	98	98	98	98	98	98	98
Der Froschprinz	99						
Des Teufels rußiger Bruder	100	100	100	100	100	100	100
Der Teufel Grünrock / Der Bärenhäuter	101	101	101	101	101	101	101
Der Zaunkönig und der Bär	102	102	102	102	102	102	102

Título do conto em alemão	1812 1815	1819	1837	1840	1843	1850	1857
Der süße Brei	103	103	103	103	103	103	103
Die treuen Tiere	104	104	104	104	104	104	
Märchen von der Unke	105	105	105	105	105	105	105
Der arme Müllerbursch und das Kätzchen	106	106	106	106	106	106	106
Die Krähen	107	107	107	107			
Hans mein Igel	108	108	108	108	108	108	108
Das Totenhemdchen	109	109	109	109	109	109	109
Der Jude im Dorn	110	110	110	110	110	110	110
Der gelernte Jäger	111	111	111	111	111	111	111
Der Dreschflegel vom Himmel	112	112	112	112	112	112	112
De beiden Künigeskinner	113	113	113	113	113	113	113
Vom klugen Schneiderlein	114	114	114	114	114	114	114
Die klare Sonne bringt's an den Tag	115	115	115	115	115	115	115
Das blaue Licht	116	116	116	116	116	116	116
Das eigensinnige Kind	117	117	117	117	117	117	117
Die drei Feldscherer	118	118	118	118	118	118	118
Der Faule und der Fleißige	119						
Die drei Handwerksburschen	120	120	120	120	120	120	120
Die himmlische Hochzeit	121	KL 9	KL 9	KL 9	KL 9	KL 9	KL 9
Die lange Nase	122						
Die Alte im Wald	123	123	123	123	123	123	123
Die drei Brüder	124	124	124	124	124	124	124
Der Teufel und seine Großmutter	125	125	125	125	125	125	125
Ferenand getrü und Ferenand ungetrü	126	126	126	126	126	126	126
Der Eisenofen	127	127	127	127	127	127	127
Die faule Spinnerin	128	128	128	128	128	128	128
Der Löwe und der Frosch	129						
Der Soldat und der Schreiner	130						
Die schöne Katrinelje und Pif Paf Poltrie	131	131	131	131	131	131	131

Título do conto em alemão	1812 1815	1819	1837	1840	1843	1850	1857
Der Fuchs und das Pferd	132	132	132	132	132	132	132
Die zertanzten Schuhe	133	133	133	133	133	133	133
Die sechs Diener	134	134	134	134	134	134	134
Die weiße und die schwarze Braut	135	135	135	135	135	135	135
De wilde Mann	136	136	136	136	136		
De drei schwatten Prinzessinnen	137	137	137	137	137	137	137
Knoist un sine dre Söhne	138	138	138	138	138	138	138
Dat Mäken von Brakel	139	139	139	139	139	139	139
Das Hausgesinde	140	140	140	140	140	140	140
Das Lämmchen und Fischchen	141	141	141	141	141	141	141
Simeliberg	142	142	142	142	142	142	142
Die Kinder in Hungersnot	143						
Das Eselein	144	144	144	144	144	144	144
Der undankbare Sohn	145	145	145	145	145	145	145
Die Rübe	146	146	146	146	146	146	146
Das junggeglühte Männlein	147	147	147	147	147	147	147
Des Herrn und des Teufels Getier	148	148	148	148	148	148	148
Der Hahnenbalken	149	149	149	149	149	149	149
Die alte Bettelfrau	150	150	150	150	150	150	150
Die drei Faulen	151	151	151	151	151	151	151
Die heilige Frau Kummernis	152						
Das Märchen vom Schlauraffenland	153	158	158	158	158	158	158
Die Dietmarsische Lügenmärchen	154	159	159	159	159	159	159
Rätselmärchen	155	160	160	160	160	160	160
Der goldene Schlüssel	156	161	168	178	194	200	200
Der treue Johannes		6	6	6	6	6	6
Der gute Handel		7	7	7	7	7	7
Der wunderliche Spielmann		8	8	8	8	8	8
Die drei Schlangenblätter		16	16	16	16	16	16

Título do conto em alemão	1812 1815	1819	1837	1840	1843	1850	1857
Das Rätsel		22	22	22	22	22	22
Die Bremer Stadtmusikanten		27	27	27	27	27	27
Die drei Sprachen		33	33	33	33	33	33
Die kluge Else		34	34	34	34	34	34
Der Schneider im Himmel		35	35	35	35	35	.35
Daumesdick		37	37	37	37	37	37
Der Ranzen, das Hütlein und das Hörnlein		54	54	54	54	54	54
Der Frieder und das Katherlieschen		59	59	59	59	59	59
Die zwei Brüder		60	60	60	60	60	60
Das Bürle		61	61	61	61	61	61
Die Bienenkönigin		62	62	62	62	62	62
Die drei Federn		63	63	63	63	63	63
Die goldene Gans		64	64	64	64	64	64
Häsichenbraut		66	66	66	66	66	66
De Gaudeif un sien Meester		68	68	68	68	68	68
Die drei Glückskinder		70	70	70	70	70	70
Sechse kommen durch die ganze Welt		71	71	71	71	71	71
Der Wolf und der Mensch		72	72	72	72	72	72
Der Wolf und der Fuchs		73	73	73	73	73	73
Der Fuchs und die Frau Gevatterin		74	74	74	74	74	74
Der Fuchs und die Katze		75	75	75	75	75	75
Das kluge Gretel		77	77	77	77	77	77
Bruder Lustig		81	81	81	81	81	81
De Spielhansl		82	82	82	82	82	82
Hans im Glück		83	83	83	83	83	83
Hans heiratet		84	84	84	84	84	84
Der alte Hildebrand		95	95	95	95	95	95
Die sieben Schwaben		119	119	119	119	119	119

Título do conto em alemão	1812 1815	1819	1837	1840	1843	1850	1857
Der Königssohn, der sich vor nichts fürchtet		121	121	121	121	121	121
Der Krautesel		122	122	122	122	122	122
Die vier kunstreichen Brüder		129	129	129	129	129	129
Einäuglein, Zweiäuglein und Dreiäuglein		130	130	130	130	130	130
Up Reisen gohn		143	143	143	143	143	143
Das Hirtenbüblein		152	152	152	152	152	152
Die Brautschau		155	155	155	155	155	155
Die Schlickerlinge		156	156	156	156	156	156
Der heilige Joseph im Walde		KL 1	KL 1	KL 1	KL 1	KL 1	KL 1
Die zwölf Apostel		KL 2	KL 2	KL 2	KL 2	KL 2	KL 2
Die Rose		KL 3	KL 3	KL 3	KL 3	KL 3	KL 3
Armut und Demut führen zum Himmel		KL 4	KL 4	KL 4	KL 4	KL 4	KL 4
Gottes Speise		KL 5	KL 5	KL 5	KL 5	KL 5	KL 5
Die drei grünen Zweige		KL 6	KL 6	KL 6	KL 6	KL 6	KL 6
Muttergottesgläschen		KL 7	KL 7	KL 7	KL 7	KL 7	KL 7
Das alte Mütterchen		KL 8	KL 8	KL 8	KL 8	KL 8	KL 8
Frau Trude			43	43	43	43	43
Die klugen Leute				104			
Die beiden Wanderer				107	107	107	107
Der Eisenhans						136	136
Die zwölf faulen Knechte							151*
Schneeweißchen und Rosenrot			161	161	161	161	161
Der kluge Knecht			162	162	162	162	162
Der gläserne Sarg			163	163	163	163	163
Der faule Heinz			164	164	164	164	164
Der Vogel Greif			165	165	165	165	165
Der starke Hans			166	166	166	166	166
Das Bürle im Himmel			167	167	167	167	167

Título do conto em alemão	1812/1815	1819	1837	1840	1843	1850	1857
Die hagere Liese				168	168	168	168
Das Waldhaus				169	169	169	169
Lieb und Leid teilen				170	170	170	170
Der Zaunkönig				171	171	171	171
Die Scholle				172	172	172	172
Rohrdommel und Wiedehopf				173	173	173	173
Die Eule				174	174	174	174
Das Unglück				175	175	175	
Der Mond							175
Die Lebenszeit				176	176	176	176
Die Boten des Todes				177	177	177	177
Meister Pfriem					178	178	178
Die Gänsehirtin am Brunnen					179	179	179
Die ungleichen Kinder Evas					180	180	180
Die Nixe im Teich					181	181	181
Die Erbsenprobe					182		
Die Geschenke des kleinen Volkes						182	182
Der Riese und der Schneider					183	183	183
Der Nagel					184	184	184
Der arme Junge im Grab					185	185	185
Die wahre Braut					186	186	186
Der Hase und der Igel					187	187	187
Spindel, Weberschiffchen und Nadel					188	188	188
Der Bauer und der Teufel					189	189	189
Die Brosamen auf dem Tisch					190	190	190
Der Räuber und seine Söhne					191	191	
Das Meerhäschen							191
Der Meisterdieb					192	192	192
Der Trommler					193	193	193

Título do conto em alemão	1812/1815	1819	1837	1840	1843	1850	1857
Die Kornähre						194	194
Der Grabhügel						195	195
Oll Rinkrank						196	196
Die Kristallkugel						197	197
Jungfrau Maleen						198	198
Der Stiefel von Büffelleder						199	199
Die Haselrute						KL 10	KL 10

Fragmentos	1812	1822	1856
Schneeblume	85a		
Prinzessin mit der Laus / Die Laus	85b	BS 2	BS 2
Vom Prinz Johannes	85c		
Das gute Pflaster	85d (V1)		
Der gute Lappen	85d (V2)		
Der Mann vom Galgen		BS 1	BS 1
Der starke Hans		BS 3	BS 3
Der gestiefelte Kater		BS 4	BS 4
Die Schwiegermutter / Die böse Schwiegermutter	84	BS 5	BS 5
Märchenhafte Bruchstücke in Volksliedern			BS 6

207 TABELA DE CONTOS, EDIÇÕES E CÓDIGOS

HISTÓRIAS SECRETAS DOS IRMÃOS GRIMM

Este livro foi impresso na fonte Crimson Pro em papel Pólen® Bold 90g/m² pela gráfica Ipsis.

Os papéis utilizados nesta edição provêm de origens renováveis. Nossas florestas também merecem proteção.

MAIS TESOUROS CHEIOS DE CONTOS DE FADAS:

Contos de Fadas em suas versões originais
Princesas Esquecidas
Os melhores Contos de Fadas Sombrios

PUBLICAMOS TESOUROS LITERÁRIOS PARA VOCÊ

editorawish.com.br

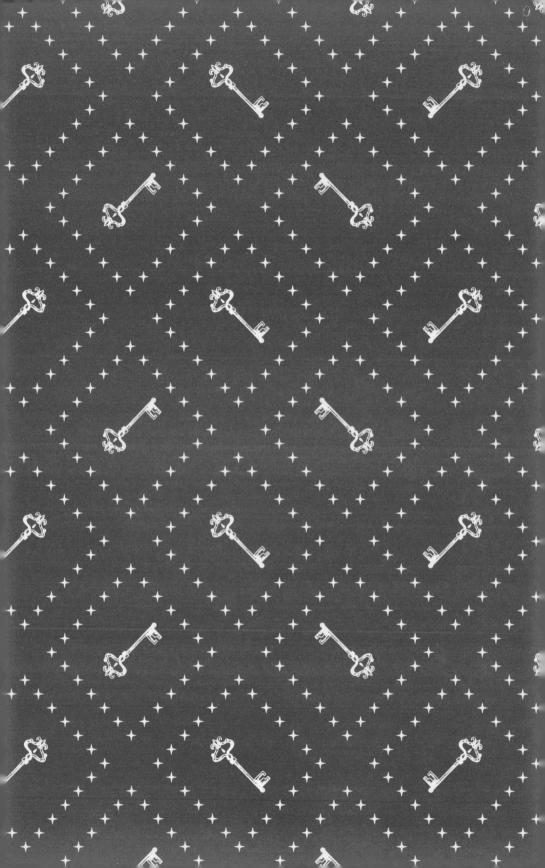